全国房地产估价师执业资格考试
命题趋势权威试卷

房地产开发经营与管理

房地产估价师执业资格考试命题研究中心　编写

华中科技大学出版社

中国·武汉

图书在版编目(CIP)数据

房地产开发经营与管理/房地产估价师执业资格考试命题研究中心　编写.
—武汉:华中科技大学出版社,2009.3
(全国房地产估价师执业资格考试命题趋势权威试卷)
ISBN 978 - 7 - 5609 - 5158 - 4

Ⅰ.房…　Ⅱ.房…　Ⅲ.①房地产—开发—中国—资格考核—习题②房地产—经济管理—中国—资格考核—习题　Ⅳ.F299.233 - 44

中国版本图书馆 CIP 数据核字(2009)第 025091 号

房地产开发经营与管理　　房地产估价师执业资格考试命题研究中心　编写

责任编辑:王与娟　　　　　　　　　　　　　　　　　封面设计:张　璐
　　　　　　　　　　　　　　　　　　　　　　　　　责任监印:张正林

出版发行:华中科技大学出版社(中国·武汉)　武昌喻家山　邮编:430074
销售电话:(022)60266190,(022)60266199(兼传真)
网　　址:www.hustpas.com

印　刷:河北省昌黎第一印刷厂

开本:787 mm×1092 mm　1/16　　　印张:5.25　　　　　字数:131 千字
版次:2009 年 3 月第 1 版　　　　　印次:2009 年 3 月第 1 次印刷　定价:20.00 元
ISBN 978 - 7 - 5609 - 5158 - 4/F·452

房地产估价师执业资格考试
命题研究中心

编写委员会

内容提要

本书是《全国房地产估价师执业资格考试命题趋势权威试卷》系列丛书之一。本书在编写过程中始终以把握命题规律科学命题、切合考试大纲精选试题、抓住重点提炼考试要点为理念，力求编写出具有权威性、适用性和可操作性的辅导用书。本书可帮助考生深刻理解教材，理顺命题规律，扩展解题思维，使考生轻松通过考试。

本书试卷部分采用全真模拟形式，适用于参加全国房地产估价师执业资格考试的考生使用。

前　言

　　为帮助考生在繁忙的工作学习期间能更有效地正确领会全国房地产估价师执业资格考试大纲的精神，掌握考试教材的有关内容，有的放矢地复习应考，同时也应广大考生的要求，我们组织有关专家根据最新修订的考试大纲，编写了全国房地产估价师执业资格考试命题趋势权威试卷系列丛书。该系列丛书包括《房地产基本制度与政策》《房地产开发经营与管理》《房地产估价理论与方法》和《房地产估价案例与分析》四分册。

　　近年来房地产估价师考试试题具有三个显著特点：一是理论性不断增强；二是试题的综合性增强；三是越来越注重对考生实际应用能力的考查。准备应考全国房地产估价师执业资格考试的考生应注意把握重点，重视新考点的复习应对，掌握重要知识点集群的方方面面，弄清相关知识点之间的联系和区别，积累基础知识，提升综合能力。

　　本丛书的编写理念：把握规律，科学命题；切合考纲，精选试题；抓住重点，各个击破；实战演练，轻省高效。

　　本丛书的价值所在：真题精髓，一脉相承；热点考点，一望可知；学习秘诀，一练即透；考场决胜，一挥而就。

　　本丛书根据房地产估价师考试的最新命题特点，结合考试大纲相关信息，分析预测了房地产估价师考试的命题趋势；以房地产估价师考试大纲为依据，以指定教材为基础，侧重于知识、理论的综合运用。全套试卷力求突出房地产估价师应具备的基本知识和操作技能，内容翔实、具体，具有很强的权威性、适用性和可操作性。

　　在本丛书的编写过程中，专家们多次审核全书内容，保证了该书的科学性、适用性及权威性。该书凝结了众多名师对考题的深刻理解，能够帮助考生高屋建瓴地理解历年考题的命题思路和解题方法，同时还帮助考生绕开考试中设置的陷阱，使其成为考场上的常胜将军。

　　本丛书是在作者团队的通力合作下完成的，若能对广大考生顺利通过执业资格考试有所帮助，我们将感到莫大的欣慰。祝所有参加房地产估价师考试的考生通过努力学习取得优异成绩，成为合格的房地产估价师。

　　为了配合考生的复习备考，我们配备了专家答疑团队，开通了答疑邮箱（kszjdy@yahoo.com.cn），以便随时答复考生所提问题。

　　由于时间和水平有限，书中难免有疏漏和不当之处，敬请广大读者批评指正。

目　录

历年试卷分值分布

	知 识 点	2001 年	2002 年	2003 年	2004 年	2005 年	2006 年	2007 年
房地产投资及其风险	投资与房地产投资	0	4	4	1	5	4	4
	房地产投资的形式与利弊	4	3	1	3	3	3	2
	房地产投资的风险	4	3	2	3	1	2	2
	风险与投资组合	2	2	1	1	1	1	0
房地产市场及其运行规律	房地产市场概述	1	0	5	0	0	1	0
	房地产市场结构与市场指标	2	0	0	4	5	3	6
	房地产市场的特性与功能	0	0	0	1	1	0	0
	房地产市场的运行规律	0	0	2	4	4	4	5
	政府对房地产市场的干预	0	0	0	0	0	2	0
房地产开发程序与管理	房地产开发程序概述	0	0	0	0	0	0	0
	投资机会选择与决策分析	0	0	2	1	0	1	0
	前期工作	8	7	10	4	1	3	0
	建设阶段	10	10	3	0	4	1	1
	租售阶段	2	5	7	3	1	1	3
房地产市场调查与分析	市场调查	0	0	1	0	5	0	1
	市场分析的手段与方法	0	0	0	1	2	2	1
	目标市场的细分与选择	0	0	0	5	1	2	1
	竞争者分析	0	0	0	0	0	2	2
	市场购买行为分析	0	0	1	0	0	0	1
	房地产市场分析与市场定位	0	0	0	2	2	3	2
现金流量与资金时间价值	现金流量	0	0	0	2	0	1	0
	资金时间价值	5	5	0	0	5	4	0
	资金等效值与复利计算	36	9	3	11	11	12	12
经济评价指标与方法	效益和费用识别	0	3	2	3	2	4	1
	经济评价指标	0	0	1	0	0	2	0
	动态盈利能力指标及其计算	3	16	14	3	16	13	14
	静态盈利能力指标及其计算	3	8	13	8	1	1	5
	清偿能力指标及其计算	2	3	1	3	4	1	4
风险分析与决策	房地产项目不确定性因素的分析	0	0	0	1	1	1	0
	盈亏平衡分析	1	0	0	3	1	3	4

续表

知　识　点		2001 年	2002 年	2003 年	2004 年	2005 年	2006 年	2007 年
风险分析 与决策	敏感性分析	1	1	1	0	0	0	0
	风险分析	0	1	1	2	5	4	5
房地产开 发项目可行 性研究	可行性研究概述	0	1	1	0	0	1	2
	可行性研究的内容与步骤	0	0	2	0	0	0	0
	房地产开发项目策划与基础参 数选择	0	0	0	0	1	4	0
	房地产开发项目投资与收入 估算	0	3	5	3	3	2	3
	房地产开发项目方案经济比选	0	0	2	12	0	0	0
	房地产开发项目财务报表的 编制	1	0	0	2	3	3	5
	可行性研究报告的撰写	0	0	0	0	0	0	0
房地产金 融与项目 融资	房地产资本市场	2	6	2	5	1	3	4
	房地产金融风险	0	0	0	0	1	2	1
	房地产项目融资	6	3	5	1	4	1	2
物业资产 管理	物业资产管理内涵	0	3	1	0	1	0	1
	物业管理的内容	0	1	1	1	0	0	0
	写字楼物业管理	0	0	2	4	3	0	2
	零售商业物业管理	2	2	1	1	1	2	3
	物业管理费用的测算与财务 报告	5	1	3	2	0	3	1
合　计		100	100	100	100	100	100	100

命题涉及的重要考点清单

命题涉及的知识点	重要考点清单
房地产投资及其风险	房地产投资及其目的、特点和房地产投资的物业类型
	房地产的直接投资与房地产的间接投资
	房地产投资的利弊与房地产投资的风险
房地产市场及其运行规律	房地产市场的概念、运行环境，影响房地产市场转变的社会经济力量和房地产市场的参与者
	房地产市场结构与市场指标，房地产市场的特性与功能，房地产市场的周期循环
	房地产空间市场与房地产资产市场
	房地产泡沫与过热，政府对房地产市场的干预
房地产开发程序与管理	房地产开发的基本概念及主要程序
	房地产开发过程中各阶段的工作内容
	物业租售形式的选择，租售方案的制定
房地产市场调查与分析	市场规模的估计
	市场趋势分析中的购买者意图调查法、销售人员意见综合法、专家意见法和时间序列分析法
	市场细分，目标市场选择及市场定位
	市场购买行为分析，房地产市场分析与市场定位
现金流量与资金时间价值	现金流量的概念和现金流量图
	资金时间价值的概念，利息、利率的相关内容，影响利率高低的因素
	单利计息与复利计息，名义利率与实际利率的计算，资金等效值与复利计算
经济评价指标与方法	效益和费用识别
	投资回收与投资回报
	经济评价指标体系
	动态盈利能力指标及其计算，静态盈利能力指标及其计算
	利息、借款偿还期、利息备付率、偿债备付率指标及其计算
	资产负债率、流动比率和速动比率指标及其计算
风险分析与决策	房地产开发项目的主要不确定性因素，房地产置业投资项目的主要不确定性因素，不确定性因素的相互作用
	盈亏平衡分析
	敏感性分析的概念和步骤，单因素与多因素敏感性分析
	风险分析的界定
	概率分析的步骤与概率的确定方法，概率分析中的期望值法
房地产开发项目可行性研究	熟悉可行性研究的含义、目的、作用、依据、工作阶段及内容

续表

命题涉及的知识点	重要考点清单
房地产开发项目可行性研究	熟悉可行性研究的含义、目的、作用、依据、工作阶段及内容
	房地产开发项目策划，构造评价方案，选择基础参数
	房地产开发项目投资与收入估算
	方案经济比选的概念及其作用，方案经济比选的定量分析方法，方案经济比选方法选择的原则
	财务评价的基本报表与辅助报表，财务报表的编制
	可行性研究报告的撰写
房地产金融与项目融资	房地产市场与资本市场，房地产企业的权益融资与债务融资
	房地产开发贷款，土地储备贷款，房地产抵押贷款
	房地产抵押贷款二级市场
	掌握房地产投资信托基金，房地产金融风险
	房地产项目融资的概念与方案
	金融机构对房地产项目贷款的审查
物业资产管理	物业管理，设施管理，房地产资产管理
	房地产组合投资管理，制定物业管理计划，加强市场宣传，制定租金收取办法
	写字楼的分类，写字楼分类过程中要考虑的因素，写字楼租户的选择，写字楼租金的确定，写字楼物业的租约与租约谈判
	零售商业物业分析，零售商业物业租户的选择，零售商业物业的租金
	收益性物业经营状况的评估，收益性物业管理中的经营费用，收益性物业管理中的预算，收益性物业财务收支报告

命题趋势权威试卷（一）

一、单项选择题（共35题，每题1分。每题的备选答案中只有一个最符合题意，请在答题卡上涂黑其相应的编号。）

1. 地产的（   ），要求房地产所处的区位必须对开发商、置业投资者和租户都具有吸引力。

   A. 不可移动性　　　　B. 寿命周期长　　　　C. 弱流动性　　　　D. 政策影响性

2. 地产的价值就在于其位置，是房地产投资特性中的（   ）。

   A. 位置固定性　　　　B. 适应性　　　　C. 寿命周期长　　　　D. 各异性

3. 资商预测到政府大型公共设施的投资建设计划，并在附近预先投资，最后取得巨大成功，则该投资商利用的是房地产投资特性中的（   ）。

   A. 位置固定性　　　　B. 不一致性　　　　C. 适应性　　　　D. 相互影响性

4. 考虑房地产的投资特性时，一般认为购买销售自行车的店铺比购买生产自行车的厂房的投资风险小。这是因为前者比后者具有（   ）。

   A. 更长的经济寿命　　B. 更显著的各异性　　C. 更强的适应性　　D. 更专业的物业管理

5. 从房地产市场整体出发，分析开发和销售之间的关系，考察房地产供求之间的总量差距是（   ）。

   A. 房地产供求结构　　B. 房地产投资结构　　C. 房地产数量结构　　D. 房地产总量结构

6. 不属于反映和描述房地产市场状况的指标是（   ）。

   A. 供给指标　　　　B. 需求指标　　　　C. 使用指标　　　　D. 市场交易指标

7. 不可能引起房地产需求增加或减少的条件是（   ）。

   A. 消费者的自我需要　　　　　　　　B. 未来预期收益变化

   C. 政府税收政策　　　　　　　　　　D. 收入水平的变化

8. 有关房地产周期循环的原因，不正确的是（   ）。

   A. 供需因素的影响　　B. 经济因素的影响　　C. 政策因素的影响　　D. 制度因素的影响

9. 为了规范国有土地使用权出让行为，优化土地资源配置，国土资源部从（   ）开始实施《招标拍卖挂牌出让国有土地使用权规定》。

   A. 2000年7月1日　　B. 2001年7月1日　　C. 2002年7月1日　　D. 2003年7月1日

10. 不属于进度控制中关注因素的是（   ）。

    A. 监理施工情况　　B. 设计变更　　　　C. 劳动力安排情况　　D. 气象条件

11. 人们在购买决策过程中，可能扮演不同的角色，（   ）是首先提出或有意购买某一产品或服务的人。

    A. 发起者　　　　B. 影响者　　　　C. 决策者　　　　D. 购买者

12. 进入市场的第一家可以选择差异性营销，也可以选择集中性营销或无差异性营销的市场细分模式是（   ）。

    A. 同质偏好　　　　B. 分散偏好　　　　C. 集群偏好　　　　D. 集中偏好

13. 在市场调查的确定问题和调查目标阶段，调查项目可以分为不同类别。其中，（ ）是指通过收集初步的数据，来揭示问题的真实性质，从而提出一些推测和新想法。

 A. 试探性调查　　　　B. 描述性调查　　　　C. 因果性调查　　　　D. 假设性调查

14. 不需任何刺激需求的费用，就可以实现的基本销售量，又称（ ）。

 A. 市场潜量　　　　　B. 市场预测量　　　　C. 市场最低量　　　　D. 市场最高量

15. 影响消费者购买行为的因素包括社会文化因素、个人因素和（ ）。

 A. 经济因素　　　　　B. 心理因素　　　　　C. 环境因素　　　　　D. 政治因素

16. 某家预购买一套面积为 80 m² 的经济适用房，单价为 3 500 元/m²，首付款为房价的 25%，其余申请公积金和商业组合抵押贷款。已知公积金和商业贷款的利率分别为 4.2% 和 6.6%，期限均为 15 年，公积金贷款的最高限额为 10 万元。该家庭申请组合抵押贷款后的最低月还款额是（ ）元。

 A. 1 635.31　　　　B. 1 714.03　　　　C. 1 728.28　　　　D. 1 736.38

17. 某家拟购买一套住宅，单价为 3 000 元/m²，该家庭的月收入为 6 000 元，其中 30% 可用来支付房款，银行可为其提供 15 年期的住房抵押贷款，贷款年利率为 6%，抵押贷款价值比例最大为 80%，问根据该家庭的支付能力最多可以购买（ ）平方米的住宅？

 A. 36.72　　　　　　B. 45.32　　　　　　C. 88.88　　　　　　D. 97.86

18. 某家庭预购买一套面积为 120 m² 的经济适用住宅，单价为 4 500 元/m²，首付款为房价的 25%，其余申请公积金和商业组合抵押贷款。已知公积金和商业贷款的利率分别为 5% 和 6%，期限均为 20 年，公积金贷款的最高限额为 20 万元。该家庭申请组合抵押贷款后的最低月还款额是（ ）元。

 A. 1 469　　　　　　B. 1 320　　　　　　C. 1 856　　　　　　D. 2 789

19. 某家庭以抵押贷款的方式购买了一套价值为 30 万元的住宅，如果该家庭首付款为房价的 20%，其余房款用抵押贷款支付。如果抵押贷款的期限为 20 年，按月等额偿还，年贷款利率为 6%，月还款额为（ ）元。

 A. 1 655.33　　　　B. 1 719.43　　　　C. 1 743.69　　　　D. 2 149.29

20. 假设某房地产投资项目的负债合计为 3 000 万元，资产合计为 5 000 万元，流动资产和流动负债分别为 2 500 万元和 1 250 万元，存货为 1 500 万元。试计算该房地产投资项目的资产负债率为（ ）。

 A. 167%　　　　　　B. 80%　　　　　　　C. 200%　　　　　　D. 60%

21. 某置业投资者以 10 000 元/m² 的价格购买了 200 m² 的商业店铺用于出租经营，购买价中的 40% 为自有资金，其余为按年等额还本付息的贷款，贷款期为 10 年，年利率为 10%，每年可用于还本付息的折旧、摊销、利润等共 24 万元，则其偿债备付率是（ ）。

 A. 0.21%　　　　　　B. 1.23%　　　　　　C. 2.01%　　　　　　D. 3.23%

22. 某房地产投资项目的表面收益率为 16%，计算后得到该项目的实际收益率为 12%，银行的贷款利率为 5.44%，则在该项目的计算期内，年平均通货膨胀率是（ ）。

 A. 3.57%　　　　　　B. 4.00%　　　　　　C. 6.56%　　　　　　D. 10.56%

23. 某房地产开发项目的开发周期为 4 年，其中前期工作为 0.5 年，建设期为 2.5 年，销售期为 1 年，建造成本估算为 10 000 万元（不含利息），在建设期内均匀投入。全部建造成本由银行贷款提供，贷款年利率为 6%，按季计息。则该项目建造成本的利息是（   ）万元。

    A. 755.54   B. 772.84   C. 1 400.88   D. 1 433.90

24. 某房地产投资项目，资产为 6 000 万元，负债为 3 500 万元，流动资产总额为 3 000 万元，流动负债总额为 1 500 万元，存货为 1 800 万元。则该项目的速动比率是（   ）。

    A. 80%   B. 120%   C. 171%   D. 200%

25. 房地产项目的盈亏平衡分析有临界点分析和保本点分析两种，两者的主要差异在于（   ）。

    A. 变动成本的设置   B. 销售收入的不同

    C. 固定成本的设置   D. 平衡点的设置

26. 在项目评估过程中，租金或售价的确定是通过（   ）得来的。

    A. 近期交易物业的租金或售价进行比较

    B. 市场上交易物业的租金或售价进行比较

    C. 类似物业的比较

    D. 市场上近期交易的类似物业的租金或售价进行比较

27. 投资性物业中运营支出占（   ）的比例是运营费用比率。

    A. 税后利润   B. 经营利润   C. 净经营利润   D. 净租金收入

28. 某开发商将 8 000 万元投入一房地产开发项目，假设此项目开发周期为 3 年，当前房地产开发投资的年投资利润率为 20%，贷款利率为 10%，已知在总投资中开发商自有资金占 30%，则其自有资金的年平均投资收益率为（   ）。

    A. 40.9%   B. 54.7%   C. 56.7%   D. 61%

29. 从投资者整体的角度出发，以投资者的出资额作为计算基础，把借款本金偿还和利息支付视为现金流出，用以计算资本金财务内部收益率、财务净现值等评价指标，考察项目资本金的盈利能力的财务报表是（   ）。

    A. 全部投资现金流量表   B. 资本金现金流量表

    C. 投资者各方现金流量表   D. 资金来源与运用表

30. 在房地产开发项目策划中，主要考虑项目所在地点的交通、城市规划、土地取得代价、拆迁安置难度、基础设施完备程度以及地质、水文、噪声、空气污染等因素的分析与选择是（   ）。

    A. 地域分析与选择   B. 具体地点的分析与选择

    C. 开发内容和规模的分析与选择   D. 开发时机的分析与选择

31. 房地产开发是一项综合性经济活动，投资额大，建设周期长，涉及面广。要想使开发项目达到预期的经济效果，必须首先做好（   ）工作。

    A. 项目建议书的编制   B. 施工图设计

    C. 可行性研究   D. 成本收益分析

32. 开发商投资收益率是指开发项目达到正常盈利年份时，项目年净收益与项目（   ）之比。

    A. 投资的资本价值   B. 总开发成本   C. 总开发价值   D. 总投资额

33. 土地储备贷款是指向借款人发放的用于土地收购、前期开发和整理的贷款。它的主要还款来源是( )。

    A. 房地产销售收入   B. 土地出让收入

    C. 土地储备所获得的利润   D. 土地受让方的投资

34. ( )是物业可以获得的最大租金收入。

    A. 净毛租金收入   B. 潜在租金收入   C. 潜在毛租金收入   D. 实际租金收入

35. 关于收益性物业管理中的经营费用说法错误的是( )。

    A. 大多数收益性物业费用由于物业类型、规模以及物业管理委托合同的不同而有所差别

    B. 收益性物业管理的收入包括租金收入和其他收入

    C. 收益性物业管理中收入包含保证金和准备金

    D. 经营费用的数量和类型依物业类型和规模及所处的地区而有所不同,但还是存在着房地产管理行业公认的通用费用项目

二、多项选择题(共 15 题,每题 2 分。每题的备选答案中有两个或两个以上符合题意,请在答题卡上涂黑其相应的编号。全部选对的,得 2 分;错选或多选的,不得分;少选且选择正确的,每个选项得 0.5 分。)

1. 房地产资产分为 ( )。

    A. 房地产实物资产   B. 房地产开发投资

    C. 房地产证券   D. 房地产置业投资

    E. 房地产混合投资

2. 一般来说,房地产投资风险分析主要包括 ( ) 等分析。

    A. 投资资金的安全性   B. 项目定位的科学性

    C. 期望收益的可靠性   D. 投资项目的变现性

    E. 资产管理的复杂性

3. 有关房地产投资的描述中属于房地产特性的是( )。

    A. 位置固定性或不可移动性,是房地产资产最重要的一个特性

    B. 房地产市场上不可能有两宗完全相同的房地产

    C. 房地产投资容易受到政府政策的影响

    D. 房地产投资能够得到税收优惠

    E. 房地产投资可获得相当高的利润

4. 下列有关经济寿命的描述正确的是( )。

    A. 经济寿命是指在正常市场和运营状态下,房地产产生的收益大于其运营成本的持续时间

    B. 自然寿命一般与经济寿命相等

    C. 如果房地产的维护状况良好,其较长的自然寿命可以令投资者从一宗置业投资中获取几个经济寿命

    D. 有关固定资产的折旧年限往往是根据其经济寿命来确定的

    E. 地产的经济寿命与其使用性质相关

5. 投资决策分析主要由( )组成。

    A. 市场分析   B. 项目财务评价

    C. 项目风险估算　　　　　　　　　　D. 市场经济前景

    E. 政府决策分析

6. 成功的房地产租售一般包括（　　）。

    A. 为使潜在的购买者或租户了解物业状况而进行的宣传沟通阶段

    B. 就有关价格或租金及合同条件而进行的谈判阶段

    C. 不毁其双方的利益，做到公平交易

    D. 把握全过程的信息，掌握全局

    E. 双方协商一致后的签约阶段

7. 开发商在将工程发包给建筑承包商时，不仅要考虑其过去的业绩、资金实力和技术水平，还要审核承包商对拟开发项目的（　　）。

    A. 施工方案　　　　　　　　　　　　B. 工期

    C. 质量目标　　　　　　　　　　　　D. 报价

    E. 市场售价

8. 在进行可行性分析的调查研究时，资源调查一般包括（　　）。

    A. 开发项目用地现状　　　　　　　　B. 市场供给量

    C. 交通运输条件　　　　　　　　　　D. 水文地质

    E. 气象

9. 前期工程费用主要包括（　　）。

    A. 拆迁安置补偿费　　　　　　　　　B. 规划费用

    C. 设计费用　　　　　　　　　　　　D. 可行性研究费用

    E. "三通一平"费用

10. 房地产开发前期的规划管理包括（　　）。

    A. 开发项目的选址定点审批　　　　　B. 规划设计条件审批

    C. 规划设计方案审批　　　　　　　　D. 核发建设用地规划许可证

    E. 核发建设用地批准书

11. 金融机构在融出资金时，要遵循（　　）原则。

    A. 流动性　　　　　　　　　　　　　B. 安全性

    C. 偿还性　　　　　　　　　　　　　D. 盈利性

    E. 地域性

12. 金融机构进行项目贷款审查时，要进行（　　）工作。

    A. 客户评价　　　　　　　　　　　　B. 项目评估

    C. 担保方式评价　　　　　　　　　　D. 贷款综合评价

    E. 环境评价

13. 房地产资产管理的目标是使房地产的价值最大化，具体管理模式包括（　　）。

    A. 物业管理　　　　　　　　　　　　B. 运营管理

    C. 设施管理　　　　　　　　　　　　D. 资产管理

    E. 组合投资管理

14. 收益性物业税前现金流的计算中涉及的概念及数据包括（　　）。

    A. 潜在毛租金收入　　　　　　　　　B. 空置和收租损失

    C. 准备金　　　　　　　　　　　　D. 经营费用

    E. 抵押贷款还本付息

15. 某笔房地产开发贷款的综合风险度与（　　　）直接相关。

    A. 贷款额　　　　　　　　　　　　B. 企业信用等级

    C. 自有资金数量　　　　　　　　　D. 项目风险等级

    E. 贷款期限

三、判断题（共 15 题，每题 1 分。请根据判断结果，在答题卡上涂黑其相应的符号，用"√"表示正确，用"×"表示错误。不答不得分，判断错误扣 1 分，本题总分最多扣至零分。)

1. 房地产市场的不平衡是相对和短暂的，平衡是绝对的。 （　　）

2. 房地产投资具有收益、保值、增值和消费四方面特性。 （　　）

3. 房地产置业投资能够得到税收方面的好处，这是由于税法中规定的折旧年限相对于建筑物自然寿命和经济寿命来说要短得多。 （　　）

4. 房地产投资能够得到税收方面的好处，但是在某项置业投资的净经营收益为负值时除外。

                                                               （　　）

5. 投资机会选择主要包括投资机会寻找和筛选两个步骤。 （　　）

6. 工程成本控制是监督成本费用，降低工程造价的重要手段。 （　　）

7. 在企业对产品进行定位的过程中，最重要的是将"差异化的产品"转化为"无差异化的产品"。 （　　）

8. 市场利率的多变性直接决定于资本借贷的供求对比变化。 （　　）

9. 资本分析中使用的成本概念与企业会计中使用的成本概念是完全不相同的。 （　　）

10. 在房地产投资分析中，若不能确定各风险因素未来发生的概率，则盈亏平衡分析就无法进行。 （　　）

11. 对于投资者认为经济可行的房地产投资项目，其投资的财务内部收益率肯定要大于银行贷款利率。 （　　）

12. 在房地产抵押贷款时，银行确定的抵押贷款成数越高，则贷款人获得的贷款金额越多。

                                                                （　　）

13. 个人住房抵押贷款属于购房者的消费信贷，通常与开发商没有直接关系，因此无论是期房还是现房，金融机构发放的个人住房抵押贷款风险只来自于申请贷款的购房者。

                                                                  （　　）

14. 虽然开发商以在建工程作抵押在某银行办理了开发建设贷款，但该在建工程在竣工验收前仍可以被销售。 （　　）

15. 租期越长，租金水平可能越低，因此业主尽量避免签订长期租约。 （　　）

四、计算题（共 2 题，20 分。要求列出算式，计算过程；需按公式计算的，要写出公式；仅有计算结果而无计算过程的，不得分。计算结果保留小数点后两位。请在答题纸上作答。)

    1. 某家庭准备以抵押贷款方式购买一套住房。该家庭月总收入 7 000 元，最多能以月总收入的 25% 支付住房贷款的月还款额。年贷款利率为 6%，最长贷款期限 20 年。最低首付款为房价的 30%，若采用按月等额偿还方式。问：该家庭能购买此房的最高总价是多少？若第 5 年末银行贷款利率上调为 9%，为保持原月偿还额不变，则：该家庭需在第 6 年初一次性提前偿还贷款多少元？如果不提前偿还贷款，则需将贷款期限延长多少年？

2. 某房地产开发项目的占地面积为 8 000 m²，土地使用权年期为 40 年，总建筑面积 50 000 m²，其中服务式公寓 35 000 m²，商务、办公、餐饮、健身娱乐等服务用房 5 000 m²，地下车位 230 个（10 000 m²）。项目建设期为 3 年，总投资额为 35 000 万元（不包括贷款利息），其中自有资金占 35%，其余投资来源于贷款和预售收入：第一年投入资金 9 000 万元，全部为自有资金；第二年投入资金 13 250 万元，其中 3 250 万元为自有资金；第三年投入资金 12 750 万元。该项目的住宅与停车位从第二年开始销售，第二、三、四年的净销售收入分别为 7 750 万元、12 600 万元、21 650 万元，第四年末全部售完；服务用房在第五年开始出租，出租率为 90%，租金为 3 000 元/m²·年，运营成本为租金收入的 20%；服务用房的残值为 20 万元。

假设：投入全部发生在年初，收入发生在年末且可以全部再投入，贷款按年计复利，本息从第四年初开始偿还；在整个出租期内，出租率、租金、运营成本均维持不变；该项目的贷款年利率为 10%，投资者全部投资和自有资金的目标收益率分别为 15% 和 25%。

在贷款利息最少条件下，求：（1）该项目的借款计划和还款计划。（2）该项目全部投资内部收益率。（3）该项目自有资金财务净现值。

命题趋势权威试卷（一）参考答案

一、单项选择题

1. A	2. A	3. D	4. A	5. D
6. C	7. A	8. B	9. C	10. A
11. A	12. C	13. A	14. C	15. B
16. B	17. C	18. A	19. B	20. D
21. B	22. A	23. B	24. A	25. D
26. D	27. D	28. B	29. B	30. B
31. C	32. A	33. B	34. C	35. C

二、多项选择题

1. AC	2. ACDE	3. ABC	4. ACE	5. AB
6. ABE	7. ABCD	8. BC	9. BCDE	10. ABCD
11. ABD	12. ABCD	13. ACE	14. ABDE	15. ABDE

三、判断题

1. ×	2. √	3. √	4. ×	5. √
6. √	7. ×	8. √	9. ×	10. ×
11. √	12. √	13. ×	14. √	15. ×

四、计算题

1. （1）月还款额＝7 000×25%＝1 750（元），月利率＝6%/12＝0.5%

购买住房最高额＝$\frac{1\ 750}{0.5\%}×\left[1-\frac{1}{(1+0.5\%)^{240}}\right]/70\%=348\ 951.93$（元）

（2）月利率＝9%/12＝0.75%

按6%利率计算第6年年初还剩的贷款总额＝$\frac{1\ 750}{0.5\%}×\left[1-\frac{1}{(1+0.5\%)^{180}}\right]=207\ 381.15$（元）

按 9% 利率计算月还款 1 750 元相当的贷款总额 $= \dfrac{1\,750}{0.75\%} \times \left[1 - \dfrac{1}{(1+0.75\%)^{180}}\right] =$

172 538.47（元）

则第 6 年年初需要一次性还款额 $= 207\,381.15 - 172\,538.47 = 34\,842.68$（元）

（3）若保持 1 750 的月还款额不变，需要偿还的年限为 n，

$$34\,842.68 \times (1+0.75\%)^{180} = \dfrac{1\,750}{0.75\%} \times \left[1 - \dfrac{1}{(1+0.75\%)^{12n}}\right]$$

$$(1+0.007\,5)^{12n} = 1.797\,3$$

当 $n=7$ 时，$1.007\,5^{84} = 1.873\,2$

当 $n=6$ 时，$1.007\,5^{72} = 1.712\,5$

$$则 \ n = 6 + \dfrac{1.797\,3 - 1.712\,5}{1.873\,2 - 1.712\,5} = 6.53（年）$$

2. 自有资金投入总额 $= 35\,000 \times 35\% = 12\,250$（万元）

第一年初投入 9 000 万元；

第二年初投入 13 250 万元，其中 3 250 万元为自有资金，10 000 万元贷款；

第二年末收入 7 750 万元，全部与第三年初投入，因此第三年初贷款额 $= 12\,750 - 7\,750 = 5\,000$（万元）；

第三年末收入 12 600 万元，全部与第四年初用于偿还贷款；

第四年末收入 21 650 万元，足以偿还剩余贷款，并有余额。

第五年末开始每年收入 $3\,000 \times 90\% \times 5\,000 \times (1-20\%) = 1\,080$（万元）租金，

第四十年末，最后一年收入租金后，剩余残值 20 万元。

（1）第四年初偿还贷款时，贷款本息合计 $10\,000 \times (1+10\%)^2 + 5\,000 \times (1+10\%) = 17\,600$（万元），还款 12 600 万元，仍需偿还 5 000 万元。

第五年初偿还剩余贷款 $5\,000 \times (1+10\%) = 5\,500$（万元）

因此借款计划为第二年初借款 10 000 万元，第三年初借款 5 000 万元。

还款计划为第四年初偿还 12 600 万元，第五年初偿还剩余 5 500 万元。

（2）制作全部投资现金流量表

年份	0	1	2	3	4	5	6	7	...	40
＋				12 600	21 650	1 080	1 080	1 080		1 100
－	9 000	13 250	5 000							
NPV	−9 000	−13 250	−5 000	12 600	21 650	1 080	1 080	1 080		1 100

当 $i_1 = 15\%$ 时，

$$NPV = \dfrac{12\,600}{(1+15\%)^3} \times \dfrac{21\,650}{(1+15\%)^4} + \dfrac{1\,080}{15\%}\left[1 - \dfrac{1}{(1+15\%)^{35}}\right] \times \dfrac{1}{(1+15\%)^4} + \dfrac{1\,100}{(1+15\%)^{40}} -$$

$$\dfrac{5\,000}{(1+15\%)^2} - \dfrac{1\,080}{(1+15\%)} - 9\,000 = 450.52（万元）$$

当 $i_2 = 16\%$

$NPV_2 = -398.6448$（万元）

用插值法求的 FIRR $= 15.53\%$，

（3）制作自有资金现金流量表

年份	0	1	2	3	4	5	6	7	...	40
+				12 600	21 650	1 080	1 080	1 080		1 100
−	9 000	3 250		12 600	5 500					
NPV	−9 000	−3 250	0	0	16 150	1 080	1 080	1 080		1 100

按 25% 报酬率计算，

$$NPV = \frac{16\ 150}{(1+25\%)^4} + \frac{1\ 080}{25\%}\left[1 - \frac{1}{(1+25\%)^{35}}\right] \times \frac{1}{(1+25\%)^4} + \frac{1\ 100}{(1+25\%)^{40}} - \frac{3\ 250}{(1+25\%)}$$

$-9\ 000$（万元）

$NPV = -3\ 216.06$（万元）

命题趋势权威试卷（二）

一、单项选择题（共35题，每题1分。每题的备选答案中只有一个最符合题意，请在答题卡上涂黑其相应的编号。）

1. 不属于房地产投资的物业类型是（   ）。
   A. 居住物业　　　　　B. 商用物业　　　　　C. 工业物业　　　　　D. 农业物业

2. 根据投资的对象，房地产投资可以分为（   ）。
   A. 房地产开发投资和购买投资　　　　　B. 土地投资和房屋投资
   C. 建筑材料投资和土地投资　　　　　　D. 生产投资和经营投资

3. 房地产开发商进行开发项目融资结构安排时，通常要投入占项目总投资（   ）的自有资金或股本金。
   A. 15%　　　　　B. 20%　　　　　C. 30%　　　　　D. 40%

4. 从房地产投资的对象上来分，投资可以分为（   ）。
   A. 固定资产投资和流动资产投资　　　　　B. 不动产投资和动产投资
   C. 长期投资和短期投资　　　　　　　　　D. 境内投资和境外投资

5. 不属于影响房地产的因素是（   ）。
   A. 社会因素　　　　　B. 环境因素　　　　　C. 经济因素　　　　　D. 政策因素

6. （   ）不属于房地产市场的专业顾问。
   A. 建筑师　　　　　B. 精算师　　　　　C. 工程师　　　　　D. 律师

7. 房地产是一种特殊的商品，其与劳动力、资本以及其他类型商品的最大区别是（   ）。
   A. 专业性　　　　　B. 差异性　　　　　C. 不可移动性　　　　　D. 适应性

8. 新建房地产项目的出租和销售，属于房地产的（   ）。
   A. 一级市场　　　　　B. 二级市场　　　　　C. 三级市场　　　　　D. 存量市场

9. 为了规范国有土地使用权出让行为，优化土地资源配置，建立公开、公平、公正的土地使用制度，国土资源部从2002年7月1日开始实施（   ），明确规定了土地的有偿出让对象。
   A.《协议出让国有土地使用权的规定》
   B.《城镇国有土地使用权出让转让暂行条例》
   C.《招标拍卖挂牌出让国有土地使用权规定》
   D.《城市房地产管理法》

10. 依代理委托方的不同对物业代理进行分类时，不包括（   ）。
    A. 首席代理　　　　　B. 买方代理　　　　　C. 卖方代理　　　　　D. 双重代理

11. 选择目标市场，通常要以细分市场为基础。企业只选择一个细分市场，通过生产、销售和促销的专业化分工，来提高经济效益，这种目标市场选择的模式属于（   ）。
    A. 选择专业化　　　　　B. 单一市场集中化　　　　　C. 市场专业化　　　　　D. 产品专业化

12. 某市上期房屋预测销售面积200 000 m²，实际销售220 000 m²，平滑指数为0.43，则本期预测销售面积为(　　) m^2 。

　　A. 208 600　　　　　　B. 380 600　　　　　C. 211 400　　　　　D. 239 400

13. 根据购买对象的不同,可将市场分为两大类型:个人消费市场和(　　)。

　　A. 组织市场　　　　　　　　　　　　　B. 集团消费市场

　　C. 组团消费市场　　　　　　　　　　　D. 企业消费市场

14. 当开发项目用地面积一定时,决定项目可建筑面积数量的是(　　)。

　　A. 容积率　　　　　B. 建筑高度　　　　　C. 建筑规模　　　　　D. 建设工程

15. (　　),又称目标市场,是公司决定追求的那部分合格的有效市场。

　　A. 商品市场　　　　　B. 生产要素市场　　　　C. 服务市场　　　　　D. 潜在市场

16. 购置某物业用于出租经营,购买价格为 100 万元,从购买后下一年开始有租金收入,年净租金收入为 20 万元,现金收支均发生在年初,目标收益为 10%,则该项目的动态投资回收期(　　)。

　　A. 小于 5 年　　　　　　　　　　　　　B. 在 5~6 年之间

　　C. 在 6~7 年之间　　　　　　　　　　　D. 在 7~8 年之间

17. 下列关于房地产开发项目静态评价指标的表述中,不正确的是(　　)。

　　A. 成本利润率是年成本利润率

　　B. 成本利润率是开发经营期的成本利润率

　　C. 投资利润率是项目经营期内年平均利润总额与项目总投资的比率

　　D. 投资利润率是项目经营期内一个正常年份的年利润总额与项目总投资的比率

18. 某物业的购买价格为 60 万元,其中 20 万元为金融提供的抵押贷款,在正常经营期内,年租金收入为 10 万元,年运营费用为 5 万元,年还本付息额为 2 万元,所得税率为 33%,则该项投资的税前现金回报率为 (　　)。

　　A. 7.5%　　　　　B. 8.3%　　　　　C. 12.5%　　　　　D. 16.7%

19. 对于一般的商用房地产投资项目,其偿债备付率至少应大于(　　)。

　　A. 1.2%　　　　　B. 1.5%　　　　　C. 12.5%　　　　　D. 16.7%

20. 若某房地产投资项目的表面收益率为 18%,年租金增长率为 8%,通货膨胀率为 6%,则该项目房地产投资的实际收益率为(　　)。

　　A. 9.26%　　　　　B. 10%　　　　　C. 11.32%　　　　　D. 12%

21. 如某笔贷款的月利率为 1%,每月计息一次,按复利计息,那么,年名义利率是(　　)。

　　A. 12%　　　　　B. 12.55%　　　　　C. 12.68%　　　　　D. 13.55%

22. 临界点分析,是分析计算一个或多个风险因素变化而使房地产项目达到(　　)的极限值,以风险因素的临界值组合显示房地产项目的风险程度。

　　A. 允许的最低经济效益指标　　　　　　B. 最低收益率

　　C. 最低净现值　　　　　　　　　　　　D. 利润为零时

23. 对投资项目或投资方向提出建议,是(　　)阶段的主要任务。

　　A. 投资机会研究　　　　　　　　　　　B. 初步可行性研究

　　C. 详细可行性研究　　　　　　　　　　D. 项目的评估和决策

24. 已知某投资的净现金流量如下表所示,如果投资者目标收益率为 10%,此项目的财务净现值是(　　)万元。

净现金流量   （单位：万元）

年份	0	1	2	3	4	5
现金流入		200	200	200	200	200
现金流出	800					
净现金流量	−800	200	200	200	200	200

A. −41.8　　　　　B. 200　　　　　C. 158.2　　　　　D. −241.8

25. 某宗土地面积 10 000 m²，土地单位价格 800 元/m²，最高容积率为 2，固定费用 400 万元，单位建筑面积建安成本为 1 500 元，管理费、贷款利息、税费等其他成本费用为建安成本的 20%，销售价格为 3 000 元/m²，则该项目的盈亏平衡点销售量为（　　）m²。

A. 10 000　　　　B. 120 00　　　　C. 180 000　　　　D. 15 000

26. 准备出租但还没有出租出去的建筑面积占全部可出租建筑面积的比例是（　　）。

A. 空置量　　　　B. 空置率　　　　C. 空置水平　　　　D. 空置面积

27. （　　）是敏感性分析的最基本方法，使用这种方法首先要假设各因素之间相互独立。

A. 多因素敏感分析法　　　　　　　　B. 单因素敏感分析法

C. 三项预测值法　　　　　　　　　　D. 风险分析法

28. 某零售商业物业租约规定，基础租金为 35 万元/月，百分比租金标准为 8%，若承租人本月的营业额为 480 万元，则按常规计算的承租人本月应缴纳的租金总额为（　　）万元。

A. 35　　　　　B. 37.8　　　　　C. 38.4　　　　　D. 73.4

29. 各项成本费用的构成复杂、变化因素多、不确定性大，尤其是依建设项目的类型不同而有其自身的特点，故不同类型的建设项目的成本费用构成有一定差异。下列有关房地产开发项目成本费用构成的分类不正确的一项是（　　）。

A. 不可预见费用包括管理费、销售费用、财务费用、税费和其他费用

B. 土地费用包括土地使用权出让金、征地费、土地租用费、拆迁安置补偿费

C. 房屋开发费包括建安工程费、公共配套设施建设费、基础设施建设费

D. 前期工程费包括规划勘察设计费、可行性研究费、三通一平费

30. 在机会研究的基础上，进一步对项目建设的可能性与潜在效益进行论证分析是指（　　）。

A. 投资机会研究　　　　　　　　　　B. 初步可行性研究

C. 详细可行性研究　　　　　　　　　D. 项目的评估和决策

31. 甲、乙两个房地产开发企业的资产负债率分别为 75% 和 80%，从房地产开发贷款的风险来看，乙企业比甲企业面临更大的（　　）风险。

A. 市场　　　　　B. 财务　　　　　C. 政策　　　　　D. 经营

32. 房地产开发企业税后利润应首先用于（　　）。

A. 弥补企业以前年度的亏损　　　　　B. 提取法定盈余公积金

C. 提取公益金　　　　　　　　　　　D. 向投资者分红

33. 在测算资本金融资成本时，其资金占用费是按（　　）计算的。

A. 综合利率　　　　B. 贷款利率　　　　C. 折现率　　　　D. 机会成本

34. 某写字楼的建筑面积为 8×10^4 m²，可出租面积系数为 80%，公用建筑面积系数为 15%，则该写字楼出租单元内建筑面积是( )$\times 10^4$ m²。

    A. 5.2   B. 6.4   C. 6.8   D. 7.6

35. 某租户承租某商场的部分柜台，双方商定基础租金为 15 万元/月，并当租户的月营业额超过 150 万元收取 3% 的百分比租金。当租户的月营业额为 180 万元时，其应缴纳的租金是( )万元。

    A. 13.2   B. 15.9   C. 19.5   D. 20.4

二、多项选择题 (共 15 题，每题 2 分。每题的备选答案中有两个或两个以上符合题意，请在答题卡上涂黑其相应的编号。全部选对的，得 2 分；错选或多选的，不得分；少选且选择正确的，每个选项得 0.5 分。)

1. 投资的特性有( )。

    A. 投资是一种经济行为   B. 投资有稳定长期的收益性

    C. 投资具有时间性   D. 投资目的在于取得报酬

    E. 投资具有风险性

2. 下列关于房地产经济寿命和自然寿命的说法中，正确的有( )。

    A. 房地产同时具有经济寿命和自然寿命

    B. 自然寿命一般要比经济寿命长

    C. 如果房地产维护状况良好，可以令投资者从一宗置业投资中获取几个经济寿命

    D. 房地产的经济寿命与使用性质无关

    E. 房地产的经济寿命是指在正常市场和运营状态下，房地产收入大于零的持续时间

3. 从物理形态上划分，作为房地产投资对象的房地产资产的类型主要有( )。

    A. 商住楼   B. 土地

    C. 在建工程   D. 写字楼

    E. 建成后的物业

4. 制定租售方案的工作内容主要包括( )。

    A. 租售选择   B. 宣传手段选择

    C. 租售进度安排   D. 广告设计及安排

    E. 租售价格确定

5. 随着市场细分研究的深入，在房地产营销中引入了"弥隙市场"的概念。弥隙市场的特点是( )。

    A. 消费者愿意支付较高的价格   B. 企业处于领导地位

    C. 消费者以年轻人为主   D. 商品住宅多为豪宅

    E. 以投资性购买为主

6. 市场主体通常包括( )。

    A. 买家   B. 卖家

    C. 交易对象   D. 交易价格

    E. 交易行为

7. 现金流量图是进行复利计算和投资分析的有效辅助工具，现金流量图中的时间点"零"

是（　　）。

A. 资金运动的时间始点

B. 日历年度的年初

C. 某一基准时刻

D. 既不能有现金流出也不能有现金流入的时间点

E. 既可有现金流入也可有现金流出的时间点

8. 在计算房地产投资项目的偿债备付率时，可用于还本付息的资金包括（　　）。

A. 折旧和摊销　　　　　　　　　　　B. 投资回收

C. 投资回报　　　　　　　　　　　　D. 未分配利润

E. 权益融资

9. 房地产置业投资的效果主要表现为（　　）等。

A. 企业实力提升　　　　　　　　　　B. 租金收入

C. 对社会贡献增加　　　　　　　　　D. 物业增值

E. 物业权益份额增加

10. 房地产开发项目可行性研究的作用包括（　　）。

A. 是项目投资决策的依据　　　　　　B. 是编制项目销售方案的依据

C. 是筹集建设资金的依据　　　　　　D. 是编制下一阶段规划设计方案的依据

E. 是开发商与有关部门签订协议、合同的依据

11. 按贷款的用途，房地产贷款可以划分为（　　）。

A. 购建房贷款　　　　　　　　　　　B. 流动资金贷款

C. 房地产开发贷款　　　　　　　　　D. 房地产经营贷款

E. 固定资产投资贷款

12. 个人住房抵押贷款的还本付息方式包括（　　）。

A. 按月等额还本付息　　　　　　　　B. 按月递增还本付息

C. 按月递减还本付息　　　　　　　　D. 期间按月还本期末付息

E. 期间按月付息期末还本

13. 投资机会研究的主要内容有（　　）。

A. 地区情况和经济政策　　　　　　　B. 资源条件和劳动力状况

C. 社会条件和地理环境　　　　　　　D. 人文因素和气候环境

E. 国内外市场情况

14. 房地产投资信托按其投资业务和信托性质的不同可以分为不同类型。按投资业务的不同，房地产投资信托可以分为（　　）。

A. 权益型房地产投资信托　　　　　　B. 债务型房地产投资信托

C. 抵押型房地产投资信托　　　　　　D. 混合型房地产投资信托

E. 权利型房地产投资信托

15. 关于收益性物业财务收支报告说法正确的是（　　）。

A. 对出租物业来说，最主要的收入记录是租金清单，也是物业管理企业应定期向业主提供的一系列报告之一

B. 在报告中，应首先有一个包括租金清单、空置情况和拖欠或收租损失报告等内容的经营概况介绍

C. 向业主提供有关经营情况的分析报告，这是物业管理企业和业主相互沟通的重要方式

D. 如实际收入或支出较预算中有关数字变化小，也需提供分析报告

E. 物业管理企业每月必须给租户一个租金账单

三、判断题（共 15 题，每题 1 分。请根据判断结果，在答题卡上涂黑其相应的符号，用"√"表示正确，用"×"表示错误。不答不得分，判断错误扣 1 分，本题总分最多扣至零分。）

1. 投资分为固定资产投资和净资产投资。 （　　）

2. 不论投资的风险是高还是低，只要同样投资的期望收益相同，那么无论选择何种投资途径都是合理的。 （　　）

3. 房地产投资的时间风险是指选择合适的时机进入市场。 （　　）

4. 价值定价法是成本导向定价的一种定价方法。 （　　）

5. 由于政府土地收购储备中心实施的土地一级开发，一般房地产开发商没有参与土地一级开发的机会。 （　　）

6. 对于相互替代的产品，当一种产品价格上涨，替代品的需求就会降低。 （　　）

7. 当某房地产投资项目的基准收益率大于银行贷款利率且该项目在经济上又是可行的，那么，其资本金的内部收益率就大于全投资内部收益率。 （　　）

8. 在房地产开发中，开发商所投入的资金大部分以固定资产形式存在于房地产商品中。所以对开发商来说，不论其开发模式如何，其投入开发的资金大部分均不属于流动资金的性质。 （　　）

9. 开发商成本利润率是开发经营期利润率，且年成本利润率不等于成本利润率除以开发经营期的年数。 （　　）

10. 房地产开发投资项目用于出租或自营时，其计算期以土地剩余年限和建筑物经济使用寿命中较短的年限为最大值。 （　　）

11. 在非线性盈亏平衡分析中，有可能出现多个盈亏平衡点。 （　　）

12. 假如房地产项目的全投资收益率大于银行贷款利率，则房地产开发商权益投资比例越高，其资本金的收益率也越高。 （　　）

13. 开发商利用财务杠杆原理筹措资金，借钱赚钱，但也增加了其风险。 （　　）

14. 在招标工程交底及答疑时，开发商应该向投标人介绍工程概况、明确质量要求、交代工程标底。 （　　）

15. 土地开发贷款通常对房地产拥有第一抵押权，贷款随着土地开发的进度分阶段拨付。 （　　）

四、计算题（共 2 题，20 分。要求列出算式，计算过程；需按公式计算的，要写出公式；仅有计算结果而无计算过程的，不得分。计算结果保留小数点后两位。请在答题纸上作答。）

1. 某家庭购买了一套 90 m² 的商品住宅，售价为 4 000 元/m²。该家庭首付了房价总额的 30%，其余购房款申请住房公积金和商业组合抵押贷款。住房公积金贷款和商业贷款的

利率分别为 4.5% 和 6.8%，贷款期限为 15 年，按月等额偿还。其中住房公积金贷款的最高限额为 10 万元。如果该家庭以月收入的 35% 用来支付抵押贷款月还款额，那么此种贷款方案要求该家庭的最低月收入为多少？假设该家庭在按月还款 3 年后，于第 4 年初一次性提前偿还商业贷款本金 5 万元，那么从第 4 年起该家庭的抵押贷款的月还款额为多少？

2. 某家庭拟购买一套新房，并将原有住房出租。预计原有住房的净租金收入为每月 2 000 元，资本化率为 9.6%，假设租金和住房市场价值不随时间发生变化。该家庭希望实现"以租养房"，即每月的抵押贷款还款额不超过原有住房的租金收入。购买新房的最低首付款为房价的 30%，余款申请年利率为 6% 的住房抵押贷款，按月等额还款，最长贷款年限为 20 年。问：

(1) 该家庭能够购买最高总价为多少万元的新房（精确到小数点后 2 位）？

(2) 设该家庭购买了这一最高总价的新房，并希望在还款一段时间之后，利用出售原有住房的收入一次性提前还清抵押贷款，问至少需要在还款多少个月（取整）后，再出售原有住房并还清贷款？

命题趋势权威试卷（二）参考答案

一、单项选择题

1. D	2. A	3. C	4. A	5. B
6. B	7. C	8. B	9. C	10. A
11. B	12. A	13. A	14. A	15. C
16. D	17. A	18. A	19. A	20. C
21. A	22. A	23. A	24. A	25. A
26. B	27. B	28. D	29. A	30. B
31. B	32. A	33. D	34. A	35. B

二、多项选择题

1. ACDE	2. ABCE	3. BCE	4. ACD	5. AB
6. AB	7. AC	8. AD	9. BD	10. ACDE
11. AC	12. ABCE	13. ABCE	14. ACD	15. ABC

三、判断题

1. ×	2. ×	3. ×	4. ×	5. ×
6. ×	7. √	8. ×	9. √	10. √
11. √	12. ×	13. √	14. ×	15. √

四、计算题

1. 已知：$P_0 = 4\,000$（元/m²）$\times 90$（m²）$= 360\,000$（元），$P = 360\,000 \times (1-30\%) = 252\,000$（元），$P_1 = 100\,000$（元），$P_2 = 252\,000 - 100\,000 = 152\,000$（元），$P' = 50\,000$（元）；$i_1 = \dfrac{4.5\%}{12} = 3.75‰$，$i_2 = \dfrac{6.8\%}{12} = 5.67‰$；$f = 35\%$；$n = 15 \times 12 = 180$（月），$n_1 = 3 \times 12 = 36$（月），$n_2 = 180 - 36 = 144$（月）。

（1）每月应付公积金贷款 $A_1 = P_1 \dfrac{i_1 (1+i_1)^n}{(1+i_1)^n - 1} = 100\,000 \times \dfrac{3.75‰ \times (1+3.75‰)^{180}}{(1+3.75‰)^{180} - 1} = 764.99$（元/月）

（2）每月应付商业贷款 $A_1 = P_2 \dfrac{i_2 \ (1+i_2)^n}{(1+i_2)^n - 1} = 152\ 000 \times \dfrac{5.67\text{‰} \times \ (1+5.67\text{‰})^{180}}{(1+5.67\text{‰})^{180} - 1} = 1\ 349.62$（元/月）

（3）每月应付住房抵押贷款额 $A_1 + A_2 = 764.99 + 1\ 349.62 = 2114.61$（元/月），要求该家庭最低月收入为 $\dfrac{A_1 + A_2}{f} = \dfrac{2\ 114.61}{35\%} = 6\ 042$（元/月）

（4）因为第 4 年初（第 3 年末）偿还商业贷款 $P' = 50\ 000$（元），所以第 4 年起每月应减少商业贷款 $A' = P' \dfrac{i_2 \ (1+i_2)^{n_2}}{(1+i_2)^{n_2} - 1} = 50\ 000 \times \dfrac{5.67\text{‰} \times \ (1+5.67\text{‰})^{144}}{(1+5.67\text{‰})^{144} - 1} = 508.98$（元/月）

（5）因为从第 4 年起每月应付商业贷款 $A_3 = A_2 - A' = 1\ 349.62 - 508.98 = 840.64$（元/月），所以从第 4 年初起每月应付住房抵押贷款额 $A_1 + A_3 = 764.99 + 840.64 = 1\ 605.63$（元/月）。

2. 已知：$A = 2\ 000$ 元，$n = 240$ 个月，$i = 6\ \%/12 = 0.5\%$，$R = 9.6\%$

（1）求购房最高总价

贷款总额 $P = \dfrac{a}{t}\left[1 - \dfrac{1}{(1+i)^n}\right] = \dfrac{2\ 000}{0.5\%}\left[1 - \dfrac{1}{(1+0.5\%)^{240}}\right] = 279\ 161.54$（元）

购房最高总价 $= P/70\% = 279\ 161.54/70\% = 39.88$（万元）

（2）求出售原有住房时间

住房市场价值 $V = A \times 12/R = 2\ 000 \times 12/9.6\% = 25$（万元）

设剩余 M 个月需要偿还 25 万元，则有

$$V = \dfrac{A}{t}\left[1 - \dfrac{1}{(1+i)^M}\right]$$

$$250\ 000 = \dfrac{2\ 000}{0.5\%}\left[1 - \dfrac{1}{(1+0.5\%)^M}\right]$$

有：$(1+0.5\%)^M = 2.667$

$M = \log_{1+0.5\%}^{2.667} = 196.66$（月）

$240 - 196 = 44$（月）

在还款 44 个月之后出售住房。

命题趋势权威试卷 (三)

一、单项选择题 (共35题，每题1分。每题的备选答案中只有一个最符合题意，请在答题卡上涂黑其相应的编号。)

1. 投资者从取得土地开始，通过在土地上的进一步投资活动是指( )。
   - A. 房地产管理投资
   - B. 房地产置业投资
   - C. 房地产开发投资
   - D. 房地产经营投资

2. 中国房地产市场的发展急需扩展房地产( )渠道，以摆脱过分依赖商业银行贷款的局面。
   - A. 间接融资
   - B. 直接融资
   - C. 基金融资
   - D. 债券融资

3. 投资者从购买土地使用权开始，通过在土地上的进一步投资活动，即经过规划设计和工程建设等过程，建成可以满足人们某种入住需要的房地产产品，然后推向市场销售，并以此获得利润的过程是指( )。
   - A. 房地产开发投资
   - B. 房地产直接投资
   - C. 房地产置业投资
   - D. 房地产间接投资

4. 如果整个投资市场的平均收益率为20%，国家债券的收益率为10%，而房地产投资市场相对于整个投资市场的风险相关系数为0.4，房地产投资评估的模型所用的折现率为( )。
   - A. 8%
   - B. 4%
   - C. 14%
   - D. 12%

5. 根据( )的不同，可将房地产市场划分为销售市场、租赁市场、抵押市场和保险市场。
   - A. 房地产交易方式
   - B. 房地产交易顺序
   - C. 购买房地产目的
   - D. 房地产类型

6. ( )是指针对某一物业类型，分析其市场内部不同档次物业的供求关系，并从市场发展的实际情况出发，判断供给档次和需求水平之间是否处于错位的状态。
   - A. 房地产产品结构
   - B. 房地产供求结构
   - C. 房地产投资结构
   - D. 房地产总量结构

7. 某写字楼的购买价格为100万元，其中70万元为15年期、年利率5%、按年等额还款的抵押贷款，30万元由投资者用现金支付。如果该写字楼出租的年净租金收入为9万元，则该投资的税前现金回报率为( )。
   - A. 9.00%
   - B. 8.05%
   - C. 30.00%
   - D. 7.52%

8. 为了便于监督管理，提高房地产开发机构的工作效率，开发商宜采用( )发包。
   - A. 专业工程
   - B. 建筑工程全过程
   - C. 分部工程
   - D. 分阶段

9. 某公司以120万元购买了150 m² 的写字楼单元用于出租，如果合同租金为每年20万元，业主需支出的年维修管理费为5万元，房产税、营业税等税费支出为2万元/年，则该写字楼投资的年收益率为( )。
   - A. 7.5%
   - B. 10.8%
   - C. 12.5%
   - D. 15.0%

10. 随着行业市场营销费用的增加，会引起需求水平的提高。当市场营销费用超过一定水平之后，就不会刺激需求了，因此市场需求有一个上限，称为（　　）。

    A. 市场潜量　　　　B. 市场预测量　　　　C. 市场最低量　　　　D. 市场最高量

11. 市场的客体通常是指（　　）。

    A. 买家　　　　B. 卖家　　　　C. 交易对象　　　　D. 交易价格

12. 在房地产产品生产过程中，承担开发建设用地规划方案设计、建筑设计等项工作的，一般是（　　）。

    A. 建筑师　　　　B. 结构工程师　　　　C. 设备工程师　　　　D. 监理工程师

13. 决定投资型房地产购买者愿意支付价格水平的最主要因素是（　　）。

    A. 满足购买者使用要求　　　　　　　　B. 购买者支付能力

    C. 物业预期收益　　　　　　　　　　　D. 物业用途

14. 按照四象限模型，确定房地产资产需求的关键是房地产使用市场的（　　）。

    A. 存量规模　　　　B. 租金水平　　　　C. 开发成本　　　　D. 资本化率

15. 在房地产市场自然周期的复苏阶段，房地产市场中的空置率与合理空置率的关系是（　　）。

    A. 空置率＞合理空置率　　　　　　　　B. 空置率＜合理空置率

    C. 空置率＝合理空置率　　　　　　　　D. 不能判断

16. 某笔住房抵押贷款按月还本付息，其月利率为 0.5%，计息周期为一年，实际利率是（　　）。

    A. 1.061　　　　B. 0.061　　　　C. 0.500　　　　D. 0.060

17. 某房地产开发商拟投资开发一总建筑面积为 6 000 m² 的写字楼项目，已知该项目的综合开发成本为 3 000 元/m²，项目建成后可出租面积的月租金水平为 85 元/m²，如果该写字楼建筑的可出租面积系数为 0.85，经营成本为租金收入的 30%，则该写字楼项目投资的成本收益率为（　　）。

    A. 23.80%　　　　B. 20.23%　　　　C. 19.70%　　　　D. 18.96%

18. 基准收益率是净现值计算中反映资金时间价值的基准参数，决定基准收益率大小的因素主要是（　　）。

    A. 行业平均收益率　　　　　　　　　　B. 资金成本

    C. 项目风险　　　　　　　　　　　　　D. 资金成本和项目风险

19. 按照租客的意愿及时调整房地产的使用功能，是房地产投资特性中的（　　）。

    A. 相互影响性　　　　B. 适应性　　　　C. 不一致性　　　　D. 保值性与增值性

20. 房地产置业投资项目的期间费用计为（　　）。

    A. 开发建设投资　　　　B. 经营成本　　　　C. 流动资金　　　　D. 运营费用

21. 已知某房地产投资项目的购买投资为 5 000 万元，流动资金为 500 万元。如果投资者投入的权益资本为 2 000 万元，经营期内年平均利润总额为 800 万元、年平均税后利润为 600 万元。该投资项目的资本金利润率为（　　）。

    A. 30%　　　　B. 40%　　　　C. 45%　　　　D. 50%

22. 一购房者购买房产用于零售商业，购买的价格为 150 万元，其中购房者自有现金 100 万元，其余部分申请银行贷款。如果该项投资的经营收入扣除运营费用和抵押贷款还本付息后的年净现金流量为15万元,则该项投资的税前现金回报率是(　　)。

　　A. 14%　　　　　　B. 10%　　　　　　C. 33%　　　　　　D. 15%

23. 开发项目总投资包括(　　)和经营投资。

　　A. 前期投资　　　　B. 后续投资　　　　C. 建设投资　　　　D. 管理投资

24. 企业行政管理部门为组织和管理开发经营活动而发生的经营费用、管理费用和财务费用是(　　)。

　　A. 经营成本　　　　B. 开发产品成本　　C. 期间费用　　　　D. 开发项目总投资

25. 敏感性分析是房地产开发项目不确定性分析中的一种主要方法。下列有关敏感性分析的步骤表达不当的一项是(　　)。

　　A. 找出那些最能反映项目投资效益的经济评价指标如财务内部收益率、财务净现值等作为其分析的对象

　　B. 通过评价指标的变动情况,找出不敏感的不确定性因素,做出进一步分析

　　C. 确定不确定性因素可能的变化范围

　　D. 计算不确定性因素变动时,评价指标的相应变动值

26. 下列不属于房地产投资项目经济评价静态指标的是(　　)。

　　A. 投资利润率　　　B. 投资回报率　　　C. 贷款利率　　　　D. 成本利润率

27. 公共配套设施建设费在房地产开发项目投资估算的费用构成中属于(　　)。

　　A. 土地费用　　　　B. 前期工程费　　　C. 房屋开发费　　　D. 管理费用

28. 某房地产投资者以300万元购入一个商业店铺用于出租经营,资本金为100万元,其余资金为金融机构提供的利率为10%、期限为10年,按年等额还款的抵押贷款。如该店铺第一年扣除还本付息后的净租金收益为10万元,则考虑还本付息(不考虑所得税影响)后的权益投资回报率为(　　)。

　　A. 10%　　　　　　B. 11.27%　　　　　C. 14.18%　　　　　D. 42.55%

29. 下列贷款中,不属于房地产开发贷款的是(　　)。

　　A. 土地购置贷款　　B. 土地储备贷款　　C. 土地开发贷款　　D. 建设贷款

30. 下列选项中,不计入收益性物业经营费用的是(　　)。

　　A. 抵押贷款还本付息　　　　　　　　　　B. 管理人员工资

　　C. 公共设施维修费　　　　　　　　　　　D. 保险费

31. 房地产开发是一项综合性的经济活动,投资额大,建设周期长,涉及面广,要想使开发项目达到预期的经济效果,必须首先做好(　　)工作。

　　A. 施工图设计　　　　　　　　　　　　　B. 可行性研究

　　C. 成本收益分析　　　　　　　　　　　　D. 项目建议书的编制

32. 房地产开发项目完工并具备竣工验收条件后,负责组织有关单位进行验收的单位是(　　)。

　　A. 开发商　　　　　　B. 承包商　　　　　C. 相关的政府部门　　D. 监理单位

33. 某物业当前的市场售价为5 000元/m²,其业主拟采用租金按年5%等比递增方式出租,并希望在20年的出租期内租金收入的现值之和与当前售价相当,如果折现率为12%,则第一年的租金应当确定为(　　)元/m²。

　　A. 467.25　　　　　　B. 448.24　　　　　C. 498.53　　　　　D. 482.79

34. （　　）是物业可以获得的最大租金收入。
　　A. 潜在租金收入　　　　　　　　　　B. 潜在毛租金收入
　　C. 净毛租金收入　　　　　　　　　　D. 实际租金收入

35. 对于收益性物业的管理费和利润通常是物业（　　）的一个百分比。
　　A. 有效毛租金收入　　　　　　　　　B. 净经营收入
　　C. 潜在毛租金收入　　　　　　　　　D. 税后现金流

二、**多项选择题**（共 15 题，每题 2 分。每题的备选答案中有两个或两个以上符合题意，请在答题卡上涂黑其相应的编号。全部选对的，得 2 分；错选或多选的，不得分；少选且选择正确的，每个选项得 0.5 分。）

1. 地产业投资的物业类型包括（　　）。
　　A. 居住物业　　　　　　　　　　　　B. 商用物业
　　C. 工业物业　　　　　　　　　　　　D. 特殊物业
　　E. 运输物业

2. 房地产市场结构包括（　　）。
　　A. 总量结构　　　　　　　　　　　　B. 区域结构
　　C. 产品结构　　　　　　　　　　　　D. 供求结构
　　E. 资金结构

3. 从房地产市场自然周期和投资周期之间的关系来看，投资周期滞后于市场自然周期变化的情况出现在（　　）。
　　A. 第一阶段　　　　　　　　　　　　B. 第二阶段初期
　　C. 第三阶段初期　　　　　　　　　　D. 第三阶段
　　E. 第四阶段

4. 根据房地产市场自然周期的理论，商品房租金增长率上升是处于自然周期的（　　）。
　　A. 第一阶段　　　　　　　　　　　　B. 第二阶段初期
　　C. 第二阶段后期　　　　　　　　　　D. 第三阶段
　　E. 第四阶段

5. 开发商的主要合同关系通常包括（　　）等。
　　A. 保险合同　　　　　　　　　　　　B. 分包合同
　　C. 销售合同　　　　　　　　　　　　D. 勘察设计合同
　　E. 加工合同

6. 按消费者对产品两种属性的重视程度进行划分，形成不同偏好的细分市场的模式是（　　）。
　　A. 同质偏好市场　　　　　　　　　　B. 分散偏好市场
　　C. 个别偏好市场　　　　　　　　　　D. 集群偏好市场
　　E. 弥隙市场

7. 定义市场区域工作主要包括（　　）。
　　A. 描绘市场区域的发展前景　　　　　B. 描绘市场区域
　　C. 在相应地图上描绘区域的物业类型　D. 在相应地图上标出市场区域的边界
　　E. 解释确定市场区域边界的依据

8. 资金的时间价值的大小，取决于多方面的因素。从投资的角度来看主要有(　　　)。
    A. 风险因素
    B. 资本化率
    C. 通货膨胀率
    D. 投资利润率
    E. 资金总额

9. 依代理委托方的不同，物业代理可以分为(　　　)。
    A. 联合代理
    B. 买方代理
    C. 独家代理
    D. 卖方代理
    E. 双重代理

10. 一般将产品生产经营活动中的成本分为(　　　)。
    A. 生产成本
    B. 销售费用
    C. 经营费用
    D. 机会成本
    E. 全寿命费用

11. 下列关于敏感性分析的描述正确的是(　　　)。
    A. 敏感性分析是一种动态不确定性分析，是项目评估中不可或缺的组成部分
    B. 敏感性分析的准确性是相当高的
    C. 敏感性分析可以确定各种不确定性因素发生一定幅度的概率
    D. 敏感性分析通过分析项目经济指标对各不确定性因素的敏感程度，找出敏感性因素及其大变动幅度
    E. 常用的指标为内部收益率

12. 在一个房地产项目进行风险分析的过程中，风险评价的主要任务是(　　　)。
    A. 选出最佳方案
    B. 检验各风险因素
    C. 对评价指标的影响
    D. 对风险对策的建议
    E. 定量确定风险大小

13. 债务融资的资金融出方所获得的报酬有(　　　)。
    A. 项目投资形成的可分配利润
    B. 协议中所规定的贷款利息
    C. 协议中规定的有关费用
    D. 租售收益
    E. 股息

14. 物业管理企业在确定写字楼租金时，一般要考虑的主要因素有(　　　)。
    A. 可出租或可使用面积
    B. 出租方的商业信誉
    C. 基础租金与市场租金
    D. 出租单元的面积规划和室内装修
    E. 物业管理企业的经营业绩

15. 影响房地产市场区域形状和大小的关键因素有(　　　)。
    A. 自然特征，如山地和河流等
    B. 细分市场
    C. 人口密度的大小
    D. 该区域发展的类型和范围
    E. 竞争性项目的区域

三、判断题（共 15 题，每题 1 分。请根据判断结果，在答题卡上涂黑其相应的符号，用"√"表示正确，用"×"表示错误。不答不得分，判断错误扣 1 分，本题总分最多扣至零分。）

1. 投资决策分析主要包括市场分析和项目财务评价两部分工作，它要在开始动工建设之前

进行，以便开发商考虑有关建设问题。 （　　）

2. 由于我国实行土地的社会主义公有制，除划拨国有土地使用权外，国家依法实行国有土地有偿、有期限使用制度。因此，土地使用者才是房地产市场的参与者，而土地所有者则不是。 （　　）

3. 房地产的价格是由市场决定的，因此，金融资本供给方的决策不会影响房地产市场的价格。 （　　）

4. 目前在我国由于政府不能作为城市房屋的拆迁人，所以政府不能作为土地一级开发者。 （　　）

5. 在房地产开发过程中，开发商只能委托有资质的监理机构负责工程项目管理。 （　　）

6. 房地产市场自然周期的第三阶段始于供求转折点，此时房地产空置率低于合理空置率。 （　　）

7. 细分市场通常能够吸引多位竞争对手，而弥隙市场只能吸引一个或少数几个竞争者。 （　　）

8. 名义利率越大，计息周期越短，实际利率与名义利率的差异就越小。 （　　）

9. 开发商进行房地产开发投资，是其积累固定资产的重要方式。 （　　）

10. 通货膨胀对房地产投资只有负面影响，没有正面影响。 （　　）

11. 资金一旦用于投资就不能用于即期消费，所以，从消费者的角度来看，资金的时间价值体现为放弃即期消费的损失所应得到的必要补偿。 （　　）

12. 单层建筑物高低联跨需分别计算建筑面积时，按高低跨相邻处高跨柱外线为分界线。 （　　）

13. 在开发商与承包商之间的各种合同文件的履行过程中，有关工程的洽商、变更等书面文件，优先于合同通用条款。 （　　）

14. 随着时间周期的延长，房地产市场的价格弹性逐渐增大。 （　　）

15. 顾客并不总是对价格变动做出与房地产商价格变动的原因或动机不一致的解释，无论是削价还是提价，顾客对其理解都不利于房地产商。 （　　）

四、计算题（共2题，20分。要求列出算式，计算过程；需按公式计算的，要写出公式；仅有计算结果而无计算过程的，不得分。计算结果保留小数点后两位。请在答题纸上作答。）

1. 某开发商通过拍卖获得一宗熟地的50年使用权，拟开发建设一建筑面积为2 000 m² 的办公楼项目，建设期为2年，准备采用"滚动开发"的方式。该开发商的初始资本金为300万元，项目总投资为1 000万元。第1年项目投资为600万元，其中资本金为200万元，银行贷款为400万元，利率为10%，期限为2年，按年单利计息，期末1次还清本息。第1年该办公楼预售了400 m²，预售均价为8 000元/m²。第2年项目投资400万元，全部以自有资金的形式投入。第2年该办公楼预售了600 m²，预售均价为7 800元/m²。项目竣工时，开发商决定将未销售出去1 000 m²改为出租经营。假设该办公楼在出租经营期间，前3年的出租率分别为60%、70%和80%，之后各年保持90%的出租率。假设在整个经营期内月租金不变，出租经营期间的运营成本为毛租金收入的30%。若开发商要求的目标收益率为16%，该办公楼的最低月租金为多少？

（假设投资发生在年初，收入和运营成本均发生在年末）

2. 某投资者以分期付款的方式购买了一个写字楼单元用于出租经营。项目现金流量如下表，目标收益率 $i_c=15\%$，目标投资回收期 $P_c=10$ 年。试确定项目的财务净现值、财务内部收益率及动态投资回收期，并判断项目财务可行性。

项目现金流量表 （单位：万元）

年 现金	0	1	2	3	4	5	6	7	8	9	10	11	12
购楼投资	150	150	120										
装修投资					20					20			30
净租金收入					140	140	140	140	140	180	180	180	180
转售成本													20.
转售收入													360

命题趋势权威试卷（三）参考答案

一、单项选择题

1. B	2. A	3. A	4. C	5. A
6. B	7. D	8. B	9. B	10. A
11. B	12. A	13. C	14. A	15. B
16. B	17. B	18. D	19. B	20. D
21. B	22. D	23. C	24. C	25. B
26. C	27. C	28. D	29. B	30. A
31. B	32. A	33. D	34. B	35. A

二、多项选择题

1. ABCD	2. ABCD	3. AB	4. ABCD	5. CD
6. ABD	7. BDE	8. ACD	9. BD	10. AB
11. ADE	12. ABCD	13. BC	14. ACD	15. ACDE

三、判断题

1. ×	2. ×	3. ×	4. √	5. ×
6. √	7. √	8. ×	9. ×	10. ×
11. √	12. √	13. √	14. ×	15. ×

四、计算题

1. 根据题意，该项目第 1 年初投资 600 万元，第 2 年初投资 400 万元，第 2 年末应付利息 $400\times2\times10\%=80$（万元）；第 1 年末预售收入为：$400\times8\,000=320$（万元），第 2 年末预售收入为：$600\times7\,800=468$（万元）；

设最低年租金为 x 万元，则第三年末净租金收入为：$1\,000\times60\%\times(1-30\%)\,x=420$（万元），第 4 年末净租金收入为：$1\,000\times70\%\times(1-30\%)\,x=490x$（万元），第 5 年末净租金收入为：$1\,000\times80\%\times(1-30\%)\,x=560x$（万元），第 6 年末至第 50 年末每年净租金收入为：$1\,000\times90\%\times(1-30\%)\,x=630x$（万元），以开发商要求的目标收益率 16% 作

为报酬率，作现金流量图，使净现值为零，求解：

$$NPV = -600 - \frac{(400-320)}{1+16\%} + \frac{(468-80)}{(1+16\%)^2} + \frac{420x}{(1+16\%)^3} + \frac{490x}{(1+16\%)^4} + \frac{560x}{(1+16\%)^5} +$$

$$\frac{630x}{16\%} \cdot \left[1 - \frac{1}{(1+16\%)^{45}}\right] \cdot \frac{1}{(1+16\%)^5} = 0$$

解得 $x = 0.1421$ 万元/（$m^2 \cdot$ 年）$= 1\,421$ 元/（$m^2 \cdot$ 年）$= 118.42$ 元/（$m^2 \cdot$ 月）

2. 该办公楼每平方米建筑面积的最低月租金为 118.42 元。

（1）财务净现值

$$FNPV = -150 - \frac{150}{1+15\%} + \frac{120}{(1+15\%)^2} + \frac{20}{(1+15\%)^4} + \frac{20}{(1+15\%)^9} + \frac{30}{(1+15\%)^{12}} +$$

$$\frac{140}{15\%}\left[1 - \frac{1}{(1+15\%)^5}\right]\frac{1}{(1+15\%)^3} + \frac{180}{15\%}\left[1 - \frac{1}{(1+15\%)^4}\right]\frac{1}{(1+15\%)^8} - \frac{20}{(1+15\%)^{12}} +$$

$$\frac{360}{(1+15\%)^{12}} = 146.214 \text{（万元）}$$

（2）内部收益率

$$NPV = -150 - \frac{150}{1+i} - \frac{120}{(1+i)^2} - \frac{20}{(1+i)^4} - \frac{20}{(1+i)^9} - \frac{30}{(1+i)^{12}} - \frac{140}{i}$$

$$\left[1 - \frac{1}{(1+i)^5}\right]\frac{1}{(1+i)^3} + \frac{180}{i}\left[1 - \frac{1}{(1+i)^4}\right]\frac{1}{(1+i)^8} - \frac{20}{(1+i)^{12}} + \frac{360}{(1+15\%)^{12}}$$

当 $i_1 = 20\%$ 时，$NPV_1 = 13.580$ 万元；当 $i_2 = 21\%$ 时，$NPV_1 = -6.635$ 万元
则

$$FIRR = i_1 + \frac{|NPV_1|}{|NPV_1| + |NPV_2|}(i_2 - i_1) = 20\% + \frac{13.580}{13.580 + 6.635}(21\% - 20\%) = 20.67\%$$

（3）动态投资回收期

年份	0	1	2	3	4	5	6	7	8	9	10
折现值	−150	−130.43	−90.74	0	68.61	69.60	60.53	52.63	45.77	45.48	44.49
累计折现值	−150	−280.43	−371.17	−371.17	−302.56	−232.96	−172.43	−119.80	−74.03	−28.55	15.94

$$\text{动态投资回收期} = \text{累计折现值开始出现正值的年数} - 1 + \frac{\text{上年累计折现值的绝对值}}{\text{当年净现金流量的折现值}} = 10$$

$$-1 + 28.55/44.49 = 9.64 \text{（年）}$$

（4）$FIRR = 20.67\% > 15\%$，$FNPV > 0$，9.64 年 < 10 年，则项目在财务上是可行的。

命题趋势权威试卷（四）

一、单项选择题（共35题，每题1分。每题的备选答案中只有一个最符合题意，请在答题卡上涂黑其相应的编号。）

1. （　　）又称为不可分散风险或市场风险。
   A. 时间风险　　　　B. 需求风险　　　　C. 自有风险　　　　D. 系统风险

2. 开发商投资收益率是指开发项目达到正常盈利年份时，项目年净收益与项目（　　）之比。
   A. 投资的资本价值　　B. 总开发成本　　　C. 总开发价值　　　D. 总投资额

3. 某综合楼总建筑面积为 10 000 m²，其中可出售的居住建筑面积为 7 000 m²，可出租的商业建筑面积为 1 500 m²，剩余建筑面积为附属设备等用房。该综合楼的有效面积系数为（　　）。
   A. 80%　　　　　　B. 90%　　　　　　C. 85%　　　　　　D. 95%

4. 我国个人住房抵押贷款的风险最终主要转移在（　　）身上。
   A. 开发商　　　　　B. 银行　　　　　　C. 购房者　　　　　D. 都是

5. 某开发商于1999年8月1日获得开发项目用地的土地使用权，2000年6月1日完成规划设计，2000年10月1日获发开工许可证，2002年4月1日项目建成并获发竣工证书，2002年10月1日销售完毕。在计算该项目的财务内部收益率时，其计算期为（　　）。
   A. 1999年8月1日至2002年4月1日　　　B. 2000年10月1日至2002年4月1日
   C. 1999年8月1日至2002年10月1日　　　D. 2000年10月1日至2002年10月1日

6. 产生房地产价格泡沫的主要诱因是（　　）。
   A. 土地稀缺　　　　B. 城市化进程快　　C. 竞争充分性　　　D. 交易复杂性

7. 房地产投资决策分析主要包括（　　）和项目财务评价两个部分。
   A. 价格分析　　　　B. 市场分析　　　　C. 产品分析　　　　D. 成本分析

8. 开发商在申请领取施工许可证时，若建设工期超过一年，则其到位资金原则上不得少于工程合同的（　　）。
   A. 20%　　　　　　B. 30%　　　　　　C. 40%　　　　　　D. 50%

9. 由城市规划管理部门核发的（　　），主要规定了用地性质、位置和界限。
   A. 选址规划意见通知书　　　　　　　　B. 规划设计条件通知书
   C. 建设用地规划许可证　　　　　　　　D. 建设工程规划许可证

10. 房地产开发商根据消费者对物业品牌的认知价值来制定价格的方法，属于（　　）。
    A. 成本导向定价法　　　　　　　　　　B. 购买者导向定价法
    C. 竞争导向定价法　　　　　　　　　　D. 市场导向定价法

11. 横道图法和网络图法在工程管理中常常作为（　　）的方法。
    A. 质量控制　　　　B. 进度控制　　　　C. 合同管理　　　　D. 成本控制

12. 在市场细分的（　　）阶段中，市场营销人员要进行探讨性面访，主要是集中力量掌握消费者的消费动机、态度和行为。

A. 目标确定   B. 调查   C. 分析阶段   D. 归纳总结

13. 计量估价合同是以（　　）和单价表为计算包价依据的合同。

A. 总工程量   B. 实测工程量   C. 工程量清单   D. 最终工程量

14. （　　）是指占有资金所付出的代价或放弃资金使用权所得到的补偿。

A. 利率   B. 本利和   C. 利息   D. 本金

15. 某投资商欲进行写字楼置业投资，其目标收益率为12%，当前整个市场的平均收益率为15%，国家债券的收益率为3.5%。此时，该地区写字楼市场相对于整个投资市场的风险相关系数是（　　）。

A. 0.57   B. 0.74   C. 0.80   D. 1.04

16. 张某以40万元购买了一处商业店铺用于出租经营，其购买投资的部分资金来自银行提供的期限为10年的抵押贷款。如店铺在第4年的租金收入为5万元，各项成本费用为3.4万元，其中支付银行利息1.5万元。则张某的这项投资在第4年的利息备付率是（　　）。

A. 1.07   B. 1.47   C. 2.07   D. 3.33

17. 某购房人为购买住房申请了住房抵押贷款20万元，年贷款利率为12%，如果他今后10年内按月等额偿还此项贷款，如果他总收入的30%可以用于住房支出，则他的月收入额需达到（　　）元才有足够的偿还能力。

A. 9 876.35   B. 9 564.72   C. 9 421.67   D. 9 375.81

18. 某家庭欲通过储蓄存款购买一套8万元的住房，银行存款利率为12%，问5年中每年年末至少要存款（　　）元。

A. 12 592.78   B. 22 192.78   C. 12 903.23   D. 16 000

19. 某开发项目的成本利润率为80%，开发周期为4年，则该项目的年成本利润率（　　）。

A. 等于20%   B. 大于等于20%

C. 小于20%   D. 小于等于20%

20. 下列有关房地产投资项目中投资与成本的特点描述错误的一项是（　　）。

A. 在房地产开发投资中，其经营方式为出售时的投资，为开发过程中的资金投入，其成本应为开发过程中的成本支出

B. 以出租为经营方式的房地产开发投资中，其主要投资为开发过程中的资金投入，其投资成本不含建设成本和出租成本

C. 以经营为经营方式的房地产开发过程中，其主要投资为开发过程中的资金投入，其投资成本含建设成本和经营成本

D. 以出租为经营方式的房地产置业投资中，其主要投资为购买房地产时的资金投入，其成本包含购买成本和出租成本

21. 动态投资回收期与静态投资回收期之间的关系是（　　）。

A. 动态投资回收期大于静态投资回收期

B. 动态投资回收期等于静态投资回收期

C. 动态投资回收期小于静态投资回收期

D. 动态投资回收期可能大于、等于或小于静态投资回收期

22. 财务杠杆效应是由于（　　）引起的。

A. 贷款利率与项目全投资收益率不同

B. 预售收入与自有资金收入占总收入比例不同

C. 预售收入资金回笼较快

D. 自有资金投入时间点的差异

23. 项目利润为零时，分析项目成本、售价或销售率所处状态的方法是（　　）。

    A. 获利能力分析　　　B. 盈亏平衡分析　　　C. 市场状况分析　　　D. 定性风险分析

24. 对评估中数据估算误差引起的最终结果变化进行分析的常用方法是（　　）。

    A. 保本点分析　　　　B. 敏感性分析　　　　C. 现金流量分析　　　D. 统计试验分析

25. 当项目评估中有若干个变量，每个变量又有多种甚至无限多种取值时，进行风险分析的方法一般采用（　　）。

    A. 概率分析　　　　　B. 解析法　　　　　　C. 蒙特卡洛法　　　　D. 杠杆分析法

26. 市场经济条件下，物业租金水平的高低，主要取决于（　　）。

    A. 承租人愿意承担的费用　　　　　　　　B. 承租人的承受能力

    C. 业主希望的投资回报率　　　　　　　　D. 同类型物业的市场供求关系

27. 某房地产开发商向银行贷款 3 000 万元，期限为 3 年，年利率为 8%，若该笔贷款的还款方式为期间按季度计息，到期后一次偿还本息，则开发商为该笔贷款支付的利息总额是（　　）。

    A. 800.62　　　　　　B. 687.22　　　　　　C. 804.73　　　　　　D. 752.49

28. 估算房地产开发项目的收入，首先要制定切实可行的（　　）。

    A. 出租计划　　　　　B. 销售计划　　　　　C. 使用计划　　　　　D. 租售计划

29. 某家庭欲通过储蓄存款购买一套 8 万元的住房，银行存款利率为 12%，5 年中每年年末至少要存款（　　）元。

    A. 12 592.78　　　　B. 12 923.32　　　　C. 19 372.11　　　　D. 22 912.87

30. 建筑物内可出租面积与总建筑面积之比称为（　　）。

    A. 有效面积系数　　　　　　　　　　　　B. 建筑密度

    C. 空置率　　　　　　　　　　　　　　　D. 建筑容积率

31. 凡综合风险度超过（　　）的，即为高风险贷款，对高风险贷款，银行一般不予发放贷款。

    A. 50%　　　　　　　B. 60%　　　　　　　C. 70%　　　　　　　D. 80%

32. 不能为金融机构提供建设贷款担保的是（　　）。

    A. 用其它房地产做抵押　　　　　　　　　B. 提供质押

    C. 物资抵押　　　　　　　　　　　　　　D. 第三方担保

33. 不属于处置抵押物要求的是（　　）。

    A. 长期价值市场稳定　　　　　　　　　　B. 变性较强

    C. 价格比较稳定　　　　　　　　　　　　D. 市场广阔

34. 法定税费包括营业税及附加，税率为（　　），按月缴纳。

    A. 5.5%　　　　　　　B. 4.4%　　　　　　　C. 4.3%　　　　　　　D. 5.3%

35. 写字楼的租金状况主要取决于（　　）。

    A. 所处地点　　　　　B. 竞争强弱　　　　　C. 市场状况　　　　　D. 面积大小

二、多项选择题（共15题，每题2分。每题的备选答案中有两个或两个以上符合题意，请在答题卡上涂黑其相应的编号。全部选对的，得2分；错选或多选的，不得分；少选且选择正确的，每个选项得0.5分。）

1. 不属于影响房地产市场转变的主要社会经济力量的是（　　　）。

　A. 金融业的发展　　　　　　　　B. 社会人口密度

　C. 物价的高低　　　　　　　　　D. 自然环境的变化

　E. 政治制度的变迁

2. 房地产间接投资的形式主要有（　　　）。

　A. 投资房地产信托　　　　　　　B. 购买住房抵押支持证券

　C. 购买房地产企业债券　　　　　D. 购买物业用于出租经营

　E. 购买土地进行开发

3. 从宏观上说，在进行房地产市场结构分析时，除了要分析总量结构，通常还应分析（　　　）。

　A. 价格结构　　　　　　　　　　B. 区域结构

　C. 产品结构　　　　　　　　　　D. 供求结构

　E. 投资结构

4. 房地产开发过程中需要金融机构服务的资金类型是（　　　）。

　A. 支付土地出让金的贷款

　B. 支付开发费用的短期资金或"建设贷款"

　C. 用于土地储备的贷款

　D. 项目建成后用于支持置业投资者购买房地产的长期资金或"抵押贷款"

　E. 购房贷款

5. 在下列房地产定价方法中，属于竞争导向的房地产定价方法是（　　　）。

　A. 随行就市定价法　　　　　　　B. 认知价值定价法

　C. 领导定价法　　　　　　　　　D. 挑战定价法

　E. 目标定价法

6. 对市场调查的分析与评估，主要是考察市场调查的有效性。有效的市场调查应具备的特点包括（　　　）。

　A. 方法科学　　　　　　　　　　B. 调查方法专一性

　C. 创造性　　　　　　　　　　　D. 合理信息价值和成本比率

　E. 政策性

7. 对于房地产开发项目而言，涉及的主要不确定性因素有（　　　）等。

　A. 空置率　　　　　　　　　　　B. 开发期与租售期

　C. 贷款利率　　　　　　　　　　D. 建安工程费用

　E. 建筑容积率

8. 房屋开发费包括（　　　）。

　A. 建安工程费　　　　　　　　　B. "三通一平"费

　C. 拆迁安置补偿费　　　　　　　D. 公共配套设施建设费

　E. 基础设施建设费

9. 房地产投资项目经济评价指标体系中，属于房地产开发投资清偿能力指标的是（　　　）。

A. 借款偿还期　　　　　　　　B. 偿债备付率

C. 流动比率　　　　　　　　　D. 利息备付率

E. 内部收益率

10. 下列关于内部收益率的表述中，正确的有（　　　）。

  A. 内部收益率总是大于目标收益率

  B. 内部收益率是当项目寿命期终了时所有投资正好被收回的收益率

  C. 同一项目的全投资内部收益率一定高于资本金内部收益率

  D. 内部收益率是投资者可以接受的最高贷款利率

  E. 内部收益率越高，投资风险就越小

11. 房地产开发项目财务评价的基本报价表包括（　　　）。

  A. 总投资估算表　　　　　　B. 现金流量表

  C. 资金来源与运用表　　　　D. 损益表

  E. 资产负债表

12. 以出让方式取得城市熟地的土地使用权时，土地使用权出让的地价款包括（　　　）。

  A. 建筑安装工程费　　　　　B. 土地使用权出让金

  C. 拆迁补偿费　　　　　　　D. 公共配套设施建设费

  E. 城市基础设施建设费

13. 可行性研究就是在投资决策前，对建设项目进行全面的技术经济分析、论证的科学方法。它要求综合研究建设项目的（　　　）。

  A. 社会的认同性　　　　　　B. 技术先进性和适用性

  C. 经济合理性　　　　　　　D. 建设的可能性

  E. 政策的导向性

14. 银行的个人住房贷款仍处于起步阶段，对贷款的决策管理尚存在缺乏成熟的经验和有效的手段，容易形成管理和决策风险。具体体现在（　　　）。

  A. 资金来源和资金运用期限结构不匹配导致的流动性风险

  B. 自然原因或社会原因导致借款人失去还款能力

  C. 由于主观原因、信用意识差等导致的拖延还款或赖账不还

  D. 抵押物保管不善和贷后管理工作薄弱环节所带来的风险

  E. 资金来源与资金流动性无关

15. 下列关于潜在毛租金收入，说法正确的是（　　　）。

  A. 物业可以获取的最大租金收入称潜在毛租金收入

  B. 它等于物业内全部可出租面积与最大可能租金水平的乘积

  C. 能够改变其收入的唯一因素是租金水平的变化或可出租面积的变化

  D. 它代表物业实际获取的收入

  E. 实际租金收入与潜在毛租金收入相等

三、判断题（共15题，每题1分。请根据判断结果，在答题卡上涂黑其相应的符号，用"√"表示正确，用"×"表示错误。不答不得分，判断错误扣1分，本题总分最多扣至零分。）

1. 在房地产风险中，风险最大的是零售商业用房。　　　　　　　　　　　（　　　）

2. 一个完整的房地产市场是由市场主体、客体、价格、资金、运行机制等因素构成的一个

系统。 （　　）

3. 当房地产市场自然周期处在谷底并开始向第一阶段运动时，市场上的投资者将迅速增加。
（　　）

4. 土地使用者可以通过出让方式取得 60 年期的居住用地的土地使用权。 （　　）

5. 居住区总用地是指居住区范围内除公共建筑用地外的用地面积。 （　　）

6. 服务市场是指已经购买了某种产品，需要提供后续服务的消费者集合。 （　　）

7. 对于资金雄厚的开发商，完全没有必要考虑预售楼宇方案。 （　　）

8. 对已设定抵押的房屋期权，在抵押期内，开发商可以有条件地进行预售。 （　　）

9. 如果工程实际进度落后于计划进度，不能在预定的竣工日期完工时，则承包人应采取必
   要的措施，并有权要求增加为采取这些措施而支付的费用。 （　　）

10. 就房地产开发投资来说，投资回收主要是指开发商所投入的总成本费用的回收，而其投
    资回报则主要表现为开发商的销售收入。 （　　）

11. 可行性研究的结果应说明项目的盈利能力、贷款偿还能力、资金平衡能力、抗风险能力
    以及项目是否可行。 （　　）

12. 在项目评估过程中，租金或售价的确定是通过与市场上近期成交的类似物业的租金或售
    价进行比较、修正后得出的。 （　　）

13. 随着房地产信贷规模逐渐扩大，传统的房地产金融机构为了增加贷款额度，开始实施抵
    押贷款证券化。 （　　）

14. 优先股不仅在收益分配上享有优先权，而且也有公司的经营管理权。 （　　）

15. 由于写字楼物业的租约一般都要持续几年的时间，在租约中一般不包括规定租金定期增
    加方式的租金调整条款。 （　　）

四、计算题（共 2 题，20 分。要求列出算式，计算过程；需按公式计算的，要写出公式；
仅有计算结果而无计算过程的，不得分。计算结果保留小数点后两位。请在答题纸上作答。）

　　1. 某开发商购得一宗商业用地使用权，期限为 40 年，拟建一商场出租经营。据估算，
项目的开发建设期为 2 年，第 3 年即可出租。经过分析，得到以下数据。

　　（1）项目建设投资为 1 800 万元。第 1 年投资 1 000 万元，其中资本金 400 万元；第 2 年
投资 800 万元，其中资本金 230 万元。每年资金缺口由银行借款解决，贷款年利率为 10%。建
设期只计息不还款，第 3 年开始采用等额还本并支付利息的方式还本付息，分 3 年还清。

　　（2）第 3 年租金收入、经营税费、经营成本分别为 2 000 万元、130 万元、600 万元。
从第 4 年起每年的租金收入、经营税费、经营成本分别为 2 500 万元、150 万元、650 万元。

　　（3）计算期（开发经营期）取 20 年。

　　请根据以上资料，完成下列工作。

　　（1）编制资本金现金流量表。（不考虑所得税）

　　（2）若该开发商要求的目标收益率为 15%，计算该投资项目的净现值。（所有的投资和
收入均发生在年末）

　　2. 某投资者以 1 000 万元一次性付款方式取得一写字楼物业 20 年的经营收益权，第一年
投入装修费用 200 万元（按年末一次投入计算）并完成装修工程。第二年开始出租，当年净租
金收入为 200 万元，以后每年以 5% 的比例递增。若房地产市场上写字楼物业投资的基准收益
率为 15%，试计算该项目的财务净现值和财务内部收益率，并判断该项目是否可行（各年净租
金收入均发生在年末）。若经营期内年均通货膨胀率为 4%，计算项目的实际收益率。

命题趋势权威试卷（四）参考答案

一、单项选择题

1. D	2. A	3. C	4. B	5. C
6. A	7. B	8. B	9. D	10. B
11. B	12. C	13. C	14. C	15. B
16. C	17. B	18. A	19. B	20. B
21. A	22. A	23. B	24. B	25. C
26. D	27. C	28. D	29. A	30. A
31. B	32. C	33. A	34. A	35. C

二、多项选择题

1. BC	2. ABC	3. BCDE	4. BD	5. ACD
6. ACD	7. BCDE	8. ADE	9. ABD	10. BDE
11. ABCE	12. BCE	13. BCD	14. AD	15. ABC

三、判断题

1. √	2. √	3. ×	4. ×	5. ×
6. ×	7. ×	8. √	9. ×	10. ×
11. √	12. √	13. ×	14. ×	15. ×

四、计算题

1. 解法之一：
(1) 借款需要量的计算

（单位：万元）

内容　　　年份	1	2	合计
建设投资	1 000	800	1 800
资本金	400	230	630
银行借款	600	570	

（2）借款还本付息表

（单位：万元）

内容 \ 年份	1	2	3	4	5	合计
年初借款累计	0	630	1 291.5	861.0	430.5	
当年借款	600	570				1 170
当年应计利息	30	91.5				121.5
当年还本			430.5	430.5	430.5	
当年利息支付			129.15	86.10	43.05	
年末借款累计	630	1 291.5	861.0	430.5	0	

当年利息＝［年初借款累计＋当年借款÷2］×年利率

第一年利息＝$\left(0+\frac{600}{2}\right)×10\%=30$（万元）

第二年利息＝$\left(630+\frac{570}{2}\right)×10\%=91.5$（万元）

各年还本＝$\frac{1\ 291.5}{3}=430.5$（万元）

（3）资本金现金流量表（税前）

（单位：万元）

内容 \ 年末	0	1	2	3	4	5	6～20
1. 现金流入							
租金收入				2 000	2 500	2 500	2 500
2. 现金流出							
资本金		400	230				
经营成本				600	650	650	650
经营税金				130	150	150	150
本金偿还				430.5	430.5	430.5	
利息支付				129.15	86.10	43.05	
3. 净现金流量	0	−400	−230	710.35	1 183.4	1 226.45	1 700

（4）财务净现值

$FNPV\ (15\%) = \sum (CI-CO)\ (1+i)^{-t}$

$$=\frac{-400}{(1+15\%)}-\frac{230}{(1+15\%)^2}+\frac{710.35}{(1+15\%)^3}+\frac{1\ 183.4}{(1+15\%)^4}+\frac{1\ 226.45}{(1+15\%)^5}+$$

$$\frac{1\ 700}{15\%}\left[1-\frac{1}{(1+15\%)^{15}}\right]×\ (1+15\%)^{-5}$$

$$=-347.83-173.91+467.07+676.61+609.76+4\ 942.20$$

$$=6\ 173.90\ （万元）$$

解法之二：

（1）第 1 年银行借款

$$1\ 000 - 400 = 600\ （万元）$$

第 2 年银行借款

$$800 - 230 = 570\ （万元）$$

（2）第 1 年利息 $= \dfrac{600}{2} \times 10\% = 30\ （万元）$

第 2 年利息 $= \left(630 + \dfrac{570}{2}\right) \times 10\% = 91.5\ （万元）$

各年还本 $= \dfrac{600 + 30 + 570 + 91.5}{3} = 430.5\ （万元）$

第 3 年利息 $= (600 + 30 + 570 + 91.5) \times 10\% = 129.15\ （万元）$

第 4 年利息 $= (1\ 291.5 - 430.5) \times 10\% = 86.10\ （万元）$

第 5 年利息 $= (861 - 430.5) \times 10\% = 43.05\ （万元）$

（3）资本金现金流量表（税前）

（单位：万元）

内容 ＼ 年末	0	1	2	3	4	5	6～20
1. 现金流入							
租金收入				2 000	2 500	2 500	2 500
2. 现金流出							
资本金		400	230				
经营成本				600	650	650	650
经营税金				130	150	150	150
本金偿还				430.5	430.5	430.5	
利息支付				129.15	86.10	43.05	
3. 净现金流量	0	−400	−230	710.35	1 183.4	1 226.45	1 700

（4）**财务净现值**

$$\text{FNPV}\ (15\%) = \sum (CI - CO)\ (1+i)^{-t}$$

$$= \frac{-400}{(1+15\%)} - \frac{230}{(1+15\%)^2} + \frac{710.35}{(1+15\%)^3} + \frac{1\ 183.4}{(1+15\%)^4} + \frac{1\ 226.45}{(1+15\%)^5} +$$

$$\frac{1\ 700}{15\%}\left[1 - \frac{1}{(1+15\%)^{15}}\right] \times (1+15\%)^{-5}$$

$$= -347.83 - 173.91 + 467.07 + 676.61 + 609.76 + 4\ 942.20$$

$$= 6\ 173.90\ （万元）$$

2. 因为 $i = 15\%$，$s = 5\%$，且 $i \neq s$

则 $\text{FNPV} = -1\ 000 - 200\left[\dfrac{1}{1+i}\right] + \dfrac{200}{i-s}\left[1 - \left(\dfrac{1+s}{1+i}\right)^{19}\right]\dfrac{1}{1+i}$

$$= -1\ 000 - 200\left[\frac{1}{1+15\%}\right] + \frac{200}{15\% - 5\%}\left[1 - \left(\frac{1+5\%}{1+15\%}\right)^{19}\right] + \frac{1}{1+15\%}$$

$$=256.40（万元）$$

因为 FNPV=256.40>0，则该项目投资可行。

计算 FIRR 并判断项目投资的可行性

$$NPV=-1\,000=200\left[\frac{1}{1+i}\right]+\frac{200}{t-s}\left[1-\left(\frac{1+s}{1+i}\right)^{19}\right]\frac{1}{1+i}$$

当 $i_1=17\%$ 时，$NPV_1=71.22$（万元）；当 $i_2=18\%$ 时，$NPV_1=-7.64$（万元）

则 $FIRR=i_1+\dfrac{|NPV_1|}{|NPV_1|+|NPV_2|}(i_2-i_1)=17\%+\dfrac{71.22}{71.22+7.64}(18\%-17\%)$

$$=17.90\%$$

因为 FIRR=17.90%>15%，则该项目投资可行。

计算实际收益率

因为 $R_a=17.90\%$，$R_d=4\%$，$(1+R_a)=(1+R_r)(1+R_d)$

则实际收益率 $R_r=13.37\%$

命题趋势权威试卷（五）

一、单项选择题（共35题，每题1分。每题的备选答案中只有一个最符合题意，请在答题卡上涂黑其相应的编号。）

1. 房地产投资的角度来说，风险涉及变动和可能性，变动又可用标准差来表示，一般来说，标准差越小，各种可能收益的分布就越集中，投资风险就（　　）。
   A. 越大　　　　　　B. 越小　　　　　　C. 不存在　　　　　　D. 分散

2. 不考虑其他因素变化，利率升高，则房地产价值（　　）。
   A. 下降　　　　　　B. 上升　　　　　　C. 不变　　　　　　D. 不能确定

3. 下列风险中，属于个别风险的是（　　）。
   A. 购买力风险　　　B. 市场供求风险　　C. 政策风险　　　　D. 比较风险

4. 已知两税一费的税、费率分别为营业税5%、城市维护建设税7%、教育费附加3%，若销售收入为1 000万元，则应缴纳两税一费的总额为（　　）万元。
   A. 55.0　　　　　　B. 85.6　　　　　　C. 150.0　　　　　　D. 123.6

5. 某家庭购买一套面积为100 m²的商品住宅，单价为5 000元/m²，首付款为房价的30%，其余通过申请公积金和商业组合贷款支付，已知公积金和商业贷款的年利率分别为4%和7%，期限均为10年，公积金贷款的最高限额为10万元，则公积金贷款部分的按月等额还款额为（　　）元。
   A. 1 002.45　　　　B. 1 012.45　　　　C. 1 027.42　　　　D. 1 037.45

6. 根据（　　）的不同，可将房地产市场划分为销售市场、租赁市场、抵押市场和保险市场。
   A. 房地产交易方式　B. 房地产交易顺序　C. 房地产交易目的　D. 房地产类型

7. 指针对某一物业类型，分析其市场内部不同档次物业的供求关系；并从市场发展的实际情况出发，判断供给档次和需求水平之间是否处于错位的状态的是（　　）。
   A. 房地产产品结构　　　　　　　　　B. 房地产供求结构
   C. 房地产投资结构　　　　　　　　　D. 房地产总量结构

8. 当房地产市场上需求增长赶不上供给增长的速度，出现了空置率上升、物业价格和租金下降的情况是指（　　）。
   A. 房地产泡沫　　　　　　　　　　　B. 房地产市场中的过度开发
   C. 房地产适度经营　　　　　　　　　D. 房地产过剩

9. 当完成市场分析和其他前期研究工作并进行了项目评估之后，就要进入实施过程，而实施过程的第一步就是（　　）。
   A. 确定建设施工的各种图纸准备就绪
   B. 完成全体工作人员的筛选工作
   C. 获取土地使用权
   D. 明确各工作人员及施工阶段应发放的工资

10. 当物业质量与市场领导者的物业质量相近时，如果定价比市场领导者定价稍低或低得较多，则认为该开发商采用了（　　）。

 A. 领导定价法   B. 随行就市定价法

 C. 目标定价法   D. 挑战定价法

11. 所有消费者具有大致相同偏好的市场细分模式是（　　）。

 A. 同质偏好   B. 分散偏好   C. 集群偏好   D. 自然细分市场

12. 在目标市场的选择模式中，企业同时向几个细分市场销售一种产品，属于（　　）。

 A. 选择专业化   B. 单一市场集中化   C. 市场专业化   D. 产品专业化

13. 在复杂购买行为中，购买者的决策过程由（　　）阶段构成。

 A. 引起需要、评价方案、收集信息、决定购买、买后行为

 B. 收集信息、评价方案、引起需要、决定购买、买后行为

 C. 收集信息、引起需要、评价方案、决定购买、买后行为

 D. 引起需要、收集信息、评价方案、决定购买、买后行为

14. （　　）是市场营销活动的出发点。

 A. 市场分析   B. 市场调查   C. 市场研究   D. 市场定位

15. （　　）是指企业按照每个消费者的要求大量生产，产品之间的差异可以具体到每个最基本的组成部件。

 A. 全面覆盖   B. 大量定制   C. 市场专业化   D. 产品专业化

16. 银行为某人提供期限为 10 年，年利率为 6%，首期月还款为 1 000 元，月还款递增率为 0.2% 的个人住房抵押贷款。若将此方案转为按月等额支付，则月等额还款额是（　　）元。

 A. 1 005.56   B. 1 010.56   C. 1 110.56   D. 1 115.56

17. 已知某笔贷款年利率为 12%，按季度计息，则该笔贷款的实际年利率是（　　）。

 A. 12.35%   B. 12.55%   C. 12.68%   D. 12.93%

18. 某购房者向银行申请了 40 万元的抵押贷款，按月等比递增还款。已知抵押贷款年利率为 6.6%，期限为 10 年，购房者月还款额的增长率为 0.5%，则购房者的首次还款额是（　　）元。

 A. 2 040.8   B. 3 451.83   C. 5 089.1   D. 6 666.7

19. 下列关于企业利润和收入的表述中，正确的是（　　）。

 A. 企业利润可分为经营利润、税后利润和可分配利润三个层次

 B. 经营收入＝销售收入＋出租收入

 C. 销售收入＝土地转让收入＋商品房销售收入＋配套设施销售收入

 D. 可分配利润＝税后利润－未分配利润

20. 已知某投资项目折现率为 11% 时，净现值为 1 700 万元；折现率为 12% 时，净现值为 －870 万元。则该投资项目的内部收益率是（　　）。

 A. 11.12%   B. 11.36%   C. 11.66%   D. 12.95%

21. 房地产项目的临界点分析，是分析计算一个或多个风险因素变化而使房地产项目达到（　　）的极限值。

 A. 允许的最低经济效益指标   B. 最大费用

 C. 利润为零   D. 最大利润

22. 以单位工程量投资乘以工程量得到单项工程投资的估算方法是（　　）。

    A. 单元估算法　　　　　　　　　　　B. 单位指标估算法

    C. 工程量近似匡算法　　　　　　　　D. 概算指标估算法

23. 某市去年住宅的实际销售量为 500×10^4 m²，预测销售量为 450×10^4 m²，平滑指数为 0.8，则利用指数平滑法预测的今年的住宅销售量是（　　）$\times 10^4$ m²。

    A. 475　　　　　　　B. 600　　　　　　　C. 450　　　　　　　D. 490

24. 财务内部收益率是指项目在整个（　　）内，各年净现金流量现值累计等于零时的折现率。

    A. 动态投资回收期　　B. 项目寿命期　　　C. 计算期　　　　　D. 开发期

25. 目前，我国普通商品住宅个人住房抵押贷款额度的上限为所购住房价值的（　　）。

    A. 80%　　　　　　　B. 60%　　　　　　　C. 90%　　　　　　　D. 70%

26. 不属于风险估计与评价常用的方法是（　　）。

    A. 调查和专家打分法　　　　　　　　B. 解析方法

    C. 概率估算法　　　　　　　　　　　D. 蒙特卡洛模拟法

27. 投资机会研究相当粗略、主要依靠笼统的估计而不是依靠详细的分析，该阶段投资估算的精度为（　　）。

    A. ±10%　　　　　　B. ±20%　　　　　　C. ±30%　　　　　　D. ±40%

28. 不属于在可行性研究中规划设计方案选择的是（　　）。

    A. 市政规划方案选择　　　　　　　　B. 项目构成及平面设计

    C. 建筑规划方案选择　　　　　　　　D. 市场调查分析

29. 取得开发项目用地所发生的费用为（　　）。

    A. 用地使用费　　　B. 土地费用　　　　C. 土地转让费　　　D. 土地租用费

30. 房地产开发企业发生的年度亏损，可以用下一年度的所得税前利润弥补，下一年度税前利润不足弥补的，可以在（　　）年内延续弥补。

    A. 2　　　　　　　　B. 3　　　　　　　　C. 4　　　　　　　　D. 5

31. 估算房地产开发项目的收入，首先要制定切实可行的（　　）。

    A. 使用计划　　　　B. 出租计划　　　　C. 销售计划　　　　D. 租售计划

32. 市场经济条件下，物业租金水平的高低，主要取决于（　　）。

    A. 业主希望的投资回报率　　　　　　B. 承租人愿意承担的费用

    C. 承租人的承受能力　　　　　　　　D. 同类型物业的市场供求关系

33. （　　）REITs 是以收益性物业的出租、经营管理和开发为主营业务，主要收入是房地产出租收入。

    A. 权益型　　　　　B. 抵押型　　　　　C. 混合型　　　　　D. 多重合伙型

34. 在房地产定价方法中，名牌策略属于（　　）。

    A. 成本加成定价法　　　　　　　　　B. 目标定价法

    C. 认知价值定价法　　　　　　　　　D. 领导定价法

35. 对于收益性物业的管理费和利润通常是物业（　　）的一个百分比。

    A. 潜在毛租金收入　　　　　　　　　B. 有效毛租金收入

    C. 净经营收入　　　　　　　　　　　D. 税后现金流

二、多项选择题（共 15 题，每题 2 分。每题的备选答案中有两个或两个以上符合题意，请在答题卡上涂黑其相应的编号。全部选对的，得 2 分；错选或多选的，不得分；少选且选择正确的，每个选项得 0.5 分。）

1. 按投资业务划分，房地产投资信托基金分为（　　）。

A. 权益型
B. 抵押型
C. 混合型
D. 质押型
E. 提存型

2. 利率提高，对房地产投资的影响有（　　）。

A. 导致房地产实际价值的折损
B. 导致房地产实际价值的提高
C. 加大投资者的债务负担
D. 减缓投资者的债务负担
E. 投资会提高

3. 以下情况能引起房地产市场需求增加的是（　　）。

A. 未来预期收益的增加
B. 收入水平的提高
C. 边际税率的降低
D. 土地供给的减少
E. 消费品位变化

4. 项目管理的目标就是寻求项目（　　）的最优均衡控制。

A. 时间
B. 资源
C. 质量
D. 安全
E. 成本

5. 尽管有些房地产开发商也有自己的销售队伍，但他们往往还要借助于物业代理的帮助，这是因为物业代理具有某些优势，具体包括（　　）。

A. 物业代理对房地产市场当前和未来的供求关系
B. 物业代理具备丰富的租售知识和经验的专业人员
C. 物业代理信誉更高，更易销售
D. 物业代理更加熟悉市场情况
E. 房地产开发商有特定的销售对象

6. 通常把大型零售商业物业的辐射区域分为（　　）。

A. 主要区域
B. 次要区域
C. 已规划区域
D. 衍射区域
E. 边界区域

7. 在房地产市场调查中，收集一手资料的方法有（　　）。

A. 文献查阅
B. 观察
C. 专题讨论
D. 问卷调查
E. 实验

8. 在市场经济条件下，利率的高低主要取决于（　　）等因素。

A. 行业基准收益率
B. 政府政策
C. 通货膨胀率
D. 社会平均利润率
E. 投资者的目标收益率

9. 下列各项中，用以反映项目清偿能力的指标有（　　）。

A. 速动比率　　　　　　　　　　B. 利息备付率

C. 偿债备付率　　　　　　　　　　D. 内部收益率

E. 资产负债率

10. 税金是国家或地方政府依据法律对有纳税义务的单位或个人征收的财政资金。目前我国房地产开发投资企业纳税的主要税种包括(　　)。

A. 经营税金及附加，包括营业税、城市维护建设税和教育费附加

B. 企业所得税，即对实行独立经济核算的房地产开发投资企业，按其应纳税所得额征收的一种税

C. 土地使用税，即房地产开发投资企业在开发经营过程中占有土地应缴纳的一种税种

D. 房产税，即投资者拥有房地产时征收的一种地皮等财产税

E. 土地增值税

11. "三项预测值"的基本思路是，对房地产开发项目中所涉及的变动因素，分别给出三个预测值，即(　　)，根据各变动因素三个预测值的相互作用来分析、判断开发商利润受影响的情况。

A. 最乐观预测值　　　　　　　　B. 最不能预测值

C. 最有可能预测值　　　　　　　D. 最悲观预测值

E. 最高利润预测值

12. 有关风险估计与评价常用方法的描述，错误的是(　　)。

A. 解析法和蒙特卡洛法是风险分析的方法中最主要两种

B. 解析法和蒙特卡洛法有很大区别

C. 蒙特卡洛法主要用于解决一些比较简单的问题

D. 解析法要求在已知各个现金流概率分布情况下实现随机抽样

E. 解析法和蒙特卡洛法无很大区别

13. 在一个房地产项目进行风险分析的过程中，风险评价的主要任务是(　　)。

A. 检验各风险因素　　　　　　　B. 对评价指标的影响

C. 对风险对策的建议　　　　　　D. 定量确定风险大小

E. 选出最佳方案

14. 项目管理的目标就是寻求项目(　　)的最优均衡控制。

A. 质量　　　　　　　　　　　　B. 安全

C. 成本　　　　　　　　　　　　D. 资源

E. 时间

15. 零售商业物业租金调整可以基于(　　)来进行调整。

A. 消费者价格指数　　　　　　　B. 零售物价指数

C. 业主的要求　　　　　　　　　D. 租赁双方商定的定期调整比率

E. 同类物业的租金水平

三、判断题（共 15 题，每题 1 分。请根据判断结果，在答题卡上涂黑其相应的符号，用"√"表示正确，用"×"表示错误。不答不得分，判断错误扣 1 分，本题总分最多扣至零分。）

1. 当房地产开发投资者将建成后的房地产用于出售、出租或经营时，其投资均属于长期投

资。 （　　）

2. 从理论上说，通过投资组合可将投资者所面对的风险完全抵消。 （　　）

3. 开发商成本利润率等于开发投资项目竣工后项目正常盈利年份的年净经营收入与总开发成本之比。 （　　）

4. 目标定价法中以估计的销售量确定价格的做法，忽视了价格对需求的影响。 （　　）

5. 某项目成本利润率为 30%，开发周期为 2 年，则该项目年成本利润率为 15%。 （　　）

6. 资产管理所涉及的范围比物业管理大，但比设施管理要小。 （　　）

7. 为了及时总结物业经营的状况，物业管理公司需经常对物业的财务状况进行评估，并将评估结果向业主委员会报告。 （　　）

8. 零售商业物业中，当采用百分比租金时，如果承租人与业主约定的人为平衡点低于自然平衡点，在百分比不变时，会令业主的收入增加。 （　　）

9. 在用蒙特卡洛法进行风险分析时，其结果的准确性主要取决于对各变量的变化范围和变化概率估计的准确性。 （　　）

10. 对于金融机构来说，借款人还本的部分就是其贷款（投资）回收部分，借款人所支付的利息，就是金融机构所获得的贷款（投资）回报金额。 （　　）

11. 空置率的估计对于估算房地产项目的有效毛租金收入非常重要。空置率降低，会导致有效毛租金收入减少；空置率提高，会导致有效毛租金收入上升。 （　　）

12. 房地产项目开发时机的分析与选择，应先考虑开发完成后的市场前景，再推出开发场地和开始建设的时机。 （　　）

13. 对于投资者认为经济可行的房地产投资项目，其投资的财务内部收益率肯定要大于银行贷款利率。 （　　）

14. 房地产市场自然周期的第三阶段始于供求转折点，此时房地产空置率低于合理空置率。 （　　）

15. 土地开发贷款通常对房地产拥有第一抵押权，贷款随着土地开发的进度分阶段拨付。 （　　）

四、计算题（共 2 题，20 分。要求列出算式，计算过程；需按公式计算的，要写出公式；仅有计算结果而无计算过程的，不得分。计算结果保留小数点后两位。请在答题纸上作答。）

1. 某投资者以 1.8 万元/m² 的价格购买了一个建筑面积为 60 m² 的店铺，用于出租经营。该投资者以自有资金支付了总价款的 30%，其余用银行提供的抵押贷款支付。该抵押贷款期限为 10 年，年利率为 5.31% 基础上上浮 1.5 个百分点，按年等额偿还。经营费用为毛租金收入的 25%。投资者希望该店铺投资在抵押贷款还贷期内的税前现金回报率不低于 12%。试计算在还贷期内满足投资者最低现金回报率要求的月租金单价（每平方米建筑面积月毛租金）。

2. 某人准备购买一套价格为 15 万元的住宅，首期 30% 直接支付，其余向银行申请贷款，贷款期限为 10 年，利率 9%，按月等额偿还，问月还款额为多少？若抵押贷款采用递增式还款（逐月递增 0.5%），则首月还款额为多少？最后一月还款额为多少？如该家庭在按月等额偿还 5 年后于第 6 年初一次提前偿还了贷款本金 5 万元，问从第 6 年开始的抵押贷款月还款额是多少？

命题趋势权威试卷（五）参考答案

一、单项选择题

1. B	2. A	3. D	4. A	5. B
6. A	7. B	8. B	9. C	10. D
11. A	12. D	13. D	14. B	15. B
16. D	17. B	18. B	19. C	20. C
21. A	22. B	23. D	24. B	25. A
26. C	27. C	28. D	29. B	30. D
31. D	32. D	33. A	34. D	35. B

二、多项选择题

1. ABC	2. AC	3. AB	4. ACE	5. ABD
6. ABE	7. BCDE	8. BCD	9. ABCE	10. AB
11. ACD	12. CDE	13. ABCE	14. ACE	15. ABD

三、判断题

1. √	2. ×	3. ×	4. ×	5. ×
6. ×	7. √	8. √	9. √	10. √
11. ×	12. √	13. √	14. √	15. √

四、计算题

1. 现金回报率是指房地产置业投资过程中，每年所获得的现金报酬与投资者初始投入的权益资本的比率。税前现金回报率等于净经营收入扣除还本付息后的净现金流量除以投资者的初始现金投资。

(1) 先求该店铺年净租金收入＝年毛租金收入－年经营费用

设月租金单价为：x 元/（m^2·月），年毛租金收入为：$12x \times 60 = 720x$（元/年）

年净租金收入为：$720x（1-25\%）= 540x$（元/年）

(2) 计算抵押贷款等额偿还的年还款额：

店铺购买总价=1.8×60=108（万元），自有资金支付总额=108×30%=32.4（万元），银行抵押贷款总额 P=108-32.4=75.6（万元），贷款期限 n=10 年，年利率为 i=5.31%（1+1.5%）=5.389 65%

按年等额偿还金额

$$A=P\ (A/P,\ i,\ n)=P\ \frac{i\ (1+i)^n}{(1+i)^n-1}=75.6\times10^4\times\frac{5.389\ 65\%\ (1+5.389\ 65\%)^{10}}{(1+5.389\ 65\%)^{10}-1}$$

$$=99\ 766.64\ （元/年）$$

（3）税前现金回报率$\frac{540x-99\ 766.64}{32.4\times10^4}\geqslant12\%$

$$x\geqslant256.75\ 元/\ （m^2\cdot月）$$

在还贷期内满足投资者最低现金回报率要求的月租金单价为 256.75 元/m²。

2. P=150 000（元），P_1=150 000×（1-30%）=105 000（元），$i=\frac{9\%}{12}=0.75\%$，n=12×10=120

月等额偿还额：

$$A_1=P_1\left[\frac{i\ (1+i)^n}{(1+i)^n-1}\right]=105\ 000\times\left[\frac{0.75\%\ (1+0.75\%)^{120}}{(1+0.75\%)^{120}-1}\right]=1\ 330.1\ （元）$$

首月还款额：

n=120，i=0.75%，s=0.5%

$$A_2=\frac{P_1\ (i-s)}{\left[1-\left(\frac{1+s}{1+i}\right)^n\right]}=\frac{105\ 000\times\ (0.75\%-0.5\%)}{\left[1-\left(\frac{1+0.5\%}{1+0.75\%}\right)^{120}\right]}=1\ 018.23\ （元）$$

末月还款额：

$$A_3=A_2\ (1+s)^{120-1}=1\ 018.23\times\ (1+0.5)^{119}=1\ 843.35\ （元）$$

$$A_4=\left\{P_1\ (1+i)^n\frac{A_1\ \left[\ (1+i)^n-1\right]}{i}-50\ 000\right\}\frac{i\ (1+i)^n}{(1+i)^n-1}$$

P_1=105 000（元），A_1=1 330.1（元），i=0.75%，n=60

$$A_4=\left\{105\ 000\times\ (1+0.75\%)^{60}\frac{1\ 33.01\times\ \left[\ (1+0.75\%)^{60}-1\right]}{0.75\%}-50\ 000\right\}\times$$

$$\frac{0.75\%\times\ (1+0.75\%)^{60}}{(1+0.75\%)^{60}-1}=292.17\ （元）$$

命题趋势权威试卷（六）

一、单项选择题（共35题，每题1分。每题的备选答案中只有一个最符合题意，请在答题卡上涂黑其相应的编号。）

1. 假设整个投资市场的平均收益为20%，国债的收益率为10%，而房地产投资市场相对于整个市场的相关系数是0.4，那么房地产投资评估的模型所用的折现率应为（　）。
   A. 10%　　　　　　B. 11%　　　　　　C. 13%　　　　　　D. 14%

2. 投资者进行房地产投资的主要目的是（　）。
   A. 财富最大化　　　　　　　　　　B. 保值增值
   C. 降低投资组合的总体风险　　　　D. 降低通货膨胀的影响

3. 物业甲为写字楼项目，2003年末价值为1 000万元，预计2004年末价值为1 100万元的可能性为50%，为900万元的可能性为50%，则2004年该物业的价值的标准差为10%；物业乙为高尔夫球场项目，2003年末价值为1 000万元，2004年末价值为1 200万元的可能性为50%，为800万元的可能性为50%，则2004年该物业的标准差为20%。由以上资料，（　）投资风险更大。
   A. 物业甲　　　　　B. 物业乙　　　　　C. 一样大　　　　　D. 无法判断

4. 将资金投入与房地产相关的证券市场的行为是（　）。
   A. 房地产直接投资　　　　　　　　B. 房地产间接投资
   C. 房地产混合投资　　　　　　　　D. 房地产有效投资

5. 以下不属于现代房地产周期研究结论的是（　）。
   A. 经济扩张与创造就业不再是线性关系
   B. 经济复苏不会立即导致新建筑的产生
   C. 房地产市场呈现自我修正的周期性
   D. 就业机会增加与空间需求不再同比增长

6. 动态投资回收期是反映开发项目投资回收能力的重要指标，动态投资回收期 P_t 设定的目标收益率 I_c 之间的关系是（　）。
   A. I_c 越大，P_t 越大　　　　　　B. I_c 越小，P_t 越大
   C. P_t 越大，I_c 越小　　　　　　D. I_c 与 P_t 无关

7. 房地产开发的程序主要分为（　）阶段。
   A. 决策分析，规划设计，建设，租售
   B. 决策分析，可行性研究，建设，租售
   C. 投资机会选择与决策分析，前期工作，建设，租售
   D. 投资机会选择，前期工作，施工与竣工，物业管理

8. ①规划设计条件通知书；②建设用地规划许可证；③选址规划意见通知书；④建设工程规划许可证；它们在房地产开发过程中的核发顺序为（　）。
   A. ①②③④　　　　　B. ①③②④　　　　　C. ③①④②　　　　　D. ③②①④

9. 一般来说，房地产开发都遵循一个合乎逻辑和开发规律的程序。以下程序排列正确的是(   )。

①规划设计与方案报批；②投资机会找寻；③可行性研究；④获取土地使用权证；⑤投资机会筛选；⑥施工建设与竣工验收；⑦市场营销和物业管理；⑧签署合作协议

    A. ②⑤④③①⑥⑧⑦　　　　　　　　B. ②⑤③④①⑧⑥⑦

    C. ②④⑤③①⑧⑥⑦　　　　　　　　D. ②③⑤④①⑧⑥⑦

10. 一般情况下，会计折旧年限、房屋自然寿命和房屋经济寿命之间的关系是(   )。

    A. 会计折旧年限＜自然寿命＜经济寿命

    B. 经济寿命＜会计折旧年限＜自然寿命

    C. 经济寿命＝会计折旧年限＜自然寿命

    D. 会计折旧年限≤经济寿命≤自然寿命

11. 对某种特定的商品来说，下列关于**市场容量**概念的表述中，正确的是(   )。

    A. 潜在市场＞服务市场＞有效市场＞合格的有效市场

    B. 服务市场＞潜在市场＞服务市场＞合格的有效市场

    C. 潜在市场＞有效市场＞合格的有效市场＞服务市场

    D. 潜在市场＞服务市场＞合格的有效市场＞有效市场

12. 某房地产开发企业经过市场调研后，决定在某城市开发供老年人居住的"银发公寓"。那么，开发商在目标市场选择过程中采用的是(   )模式。

    A. 选择专业化　　　　　　　　　　B. 产品专业化

    C. 大量定制　　　　　　　　　　　D. 单一市场集中化

13. 下列行业中，(   )中的企业盈利水平与企业规模、市场份额均有关。

    A. 批量行业　　　　　　　　　　　B. 僵滞行业

    C. 分块行业　　　　　　　　　　　D. 专业化行业

14. 已知年利率为14%，则按季度计息时的实际年利率为(   )。

    A. 12.55%　　　B. 12.68%　　　C. 14.75%　　　D. 15.01%

15. 某购房者向银行申请了以等比递增方式还款的个人住房抵押贷款。如果该贷款的年利率为5.75%，期限为15年，按月偿还，首次月还款额为2 000元，月还款额增长率为0.2%，则该购房者在第5年第6个月的还款额为(   )。

    A. 2 277.4元　　　B. 2 281.9元　　　C. 2 728.8元　　　D. 2 741.9元

16. 银行为某人提供期限为10年，年利率为6%，首期月还款为1000元，月还款递增率为0.2%的个人住房抵押贷款，若将此方案转为按月等额支付，则月等额还款额是(   )元。

    A. 1 115.56　　　B. 1 111.28　　　C. 1 015.56　　　D. 1 010.72

17. 下列贷款中，不属于房地产开发贷款的是(   )。

    A. 建设贷款　　　B. 土地开发贷款　　　C. 土地购置贷款　　　D. 土地储备贷款

18. 公共配套设施建设费在房地产开发项目投资估算的费用构成中属于(   )。

    A. 前期工程费　　　B. 房屋开发费　　　C. 管理费用　　　D. 土地费用

19. 甲、乙两个房地产开发企业的资产负债率分别为75%和80%，从房地产开发贷款的风险来看，乙企业比甲企业面临更大的(   )风险。

A. 政策　　　　　　B. 财务　　　　　　C. 市场　　　　　　D. 经营

20. 承包商收到竣工结算价款后，通常应在（　　）内将竣工工程交付给开发商。

A. 半个月　　　　　B. 一个月　　　　　C. 一个半月　　　　D. 二个月

21. 某房地产投资项目的购买投资为 4 500 万元，流动资金为 500 万元。如果投资者投入的权益资本为 1 500 万元，经营期内年平均利润总额为 650 万元，年平均税后利润为 500 万元，则该项目的资本金净利润率为（　　）。

A. 22.2%　　　　　B. 33.3%　　　　　C. 44.4%　　　　　D. 55.5%

22. 某房地产投资项目的资产负债表上显示，负债合计为 3 000 万元，资产合为 5 000 万元，流动资产和流动负债分别为 2 500 万元和 1 250 万元，则资产负债率为（　　）。

A. 30%　　　　　　B. 40%　　　　　　C. 50%　　　　　　D. 60%

23. 在进行项目评估时，如果开发商还没有购买土地使用权，土地费用往往是一个（　　）。

A. 参考数字　　　　B. 限定数　　　　　C. 可读参数　　　　D. 未知数

24. 房地产项目的盈亏平衡分析，有临界点分析和保本点分析两种，两者主要差异在于（　　）的设置。

A. 项目定位　　　　B. 盈亏系数　　　　C. 平衡点　　　　　D. 风险临界值

25. 敏感性分析的最基本方法是（　　）。

A. 因素不确定分析　　　　　　　　　　B. 线性因素分析

C. 单因素敏感性分析　　　　　　　　　D. 多因素敏感性分析

26. 在众多的不确定性因素中，找出对项目经济评价指标影响较大的因素，并判明其对开发项目投资效益影响的程度，是（　　）分析的目的。

A. 盈亏平衡　　　　B. 敏感性　　　　　C. 风险　　　　　　D. 概率

27. 大型复杂工程详细可行性研究的研究费用一般占总投资的（　　）。

A. 0.2%～0.8%　　B. 0.2%～1.0%　　C. 0.25%～1.5%　　D. 1.0%～3.0%

28. 建筑工程招标文件中，不包括（　　）。

A. 工程标底　　　　B. 工程数量　　　　C. 设计图纸　　　　D. 合同条件

29. 在建工程抵押贷款，是以开发商与施工单位签订的依法生效的（　　）设定抵押权，按其在建工程已完工部分分次发放贷款。

A. 房屋建筑物　　　B. 土地使用权　　　C. 在建工程　　　　D. 房屋期权

30. 目前，我国普通商品住宅个人住房抵押贷款额度的上限为所购住房价值的（　　）。

A. 60%　　　　　　B. 70%　　　　　　C. 80%　　　　　　D. 90%

31. 某房地产开发商在其新建项目的开盘仪式上，承诺对前 80 名购房者给予 20% 的价格优惠，这种价格折扣技巧属于（　　）。

A. 现金折扣　　　　B. 数量折扣　　　　C. 折让　　　　　　D. 季节折扣

32. 房地产开发项目施工现场的安全由（　　）负责。

A. 建筑施工企业　　　　　　　　　　　B. 监理企业

C. 房地产开发企业　　　　　　　　　　D. 施工合同中规定的单位

33. 房地产开发项目完工并具备竣工验收条件后，负责组织有关单位进行验收的单位是（　　）。

A. 开发商　　　　　B. 承包商　　　　　C. 监理单位　　　　D. 相关的政府部门

34. 某物业当前的市场售价为 5 000 元/m²，其业主拟采用租金按年 5% 等比递增方式出租，并希望在 20 年的出租期内租金收入的现值之和与当前售价相当。如果折现率为 12%，则第一年的租金应该确定为(   )元/m²。

    A. 482.79   B. 448.24   C. 467.25   D. 498.53

35. 对于商品房出租的，通常按房产原值征收，税率为(   )。

    A. 7.5%   B. 3.5%   C. 2.2%   D. 1.2%

二、多项选择题 (共 15 题，每题 2 分。每题的备选答案中有两个或两个以上符合题意，请在答题卡上涂黑其相应的编号。全部选对的，得 2 分；错选或多选的，不得分；少选且选择正确的，每个选项得 0.5 分。)

1. 导致房地产市场具有区别于一般市场的基本特性的有(   )。

    A. 市场供给的特点   B. 市场需求的特点

    C. 市场交易的特点   D. 市场价格的特点

    E. 市场竞争的特点

2. 在右图所示的现金流量图中，已知 A、i 和 P，求 F，采用复利系数标准表示法表示，正确的是(   )。

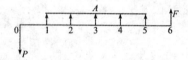

    A. $F = 5A - P$

    B. $F = A(F/A, i, 5) - P$

    C. $F = A(F/A, i, 5) - P(F/P, i, 6)$

    D. $F = A(F/A, i, 5)(F/P, i, 1) - P(F/P, i, 6)$

    E. $F = [A(P/A, i, 5) - P](F/P, i, 6)$

3. 房地产开发是通过多种资源的组合使用而为人类提供入住空间、并改变人类生存的物质环境的一种活动。这里的资源包括了(   )等诸方面。

    A. 城市基础设施   B. 高新技术

    C. 城市公用配套设施   D. 资金

    E. 专业人员经验

4. 房地产投资决策分析的主要工作包括(   )。

    A. 投资机会寻找   B. 市场分析

    C. 投资机会筛选   D. 财务评价

    E. 规划设计

5. 城市土地开发和供应计划，一般由(   )按城市总体发展要求、土地开发潜力以城市规划的要求制定。

    A. 土地管理部门   B. 规划管理部门

    C. 市场管理部门   D. 设计管理部门

    E. 计划管理部门

6. 房地产市场营销因素调查包括的类型有(   )。

A. 产品调查　　　　　　　　　　B. 价格调查

C. 市场需求质量调查　　　　　　D. 分销渠道调查

E. 促销策略调查

7. 在工程建设中，应由承包商承担并负责保险的风险有（　　）。

A. 工程保险　　　　　　　　　　B. 工人人身保险

C. 第三方保险　　　　　　　　　D. 意外保险

E. 质量保险

8. 风险辨识常用方法包括（　　）等。

A. 专家调查法　　　　　　　　　B. 解析方法

C. 故障树分析法　　　　　　　　D. 幕景分析法

E. 蒙特卡洛法

9. 房地产开发投资的经济效果主要表现为销售收入，其经济效果的大小则用（　　）进行衡量。

A. 资产负债率　　　　　　　　　B. 成本利润率

C. 投资收益率　　　　　　　　　D. 开发利润

E. 偿债备付率

10. 按消费者对产品两种属性的重视程度进行划分，形成不同偏好的细分市场的模式是（　　）。

A. 个别偏好市场　　　　　　　　B. 集群偏好市场

C. 弥隙市场　　　　　　　　　　D. 同质偏好市场

E. 分散偏好市场

11. 企业确定广告预算的主要方法包括（　　）。

A. 销售百分比法　　　　　　　　B. 目标任务法

C. 谈判法　　　　　　　　　　　D. 竞争对等法

E. 量力而行法

12. 收益性物业管理中，影响有效毛收入的因素有（　　）。

A. 空置损失　　　　　　　　　　B. 租金损失

C. 经营费用　　　　　　　　　　D. 其他收入

E. 潜在毛租收入

13. 在可行性研究阶段，房屋开发费用中各项费用的估算可以采用（　　）。

A. 单元估算法　　　　　　　　　B. 多元估算法

C. 单位指标估算法　　　　　　　D. 工程近似匡算法

E. 概算指标法

14. 融资方案分析包括（　　）。

A. 资金来源可靠性分析　　　　　B. 融资结构分析

C. 融资利润分析　　　　　　　　D. 融资风险分析

E. 融资成本分析

15. 净租的形式一般有（　　）。

A. 租户仅按比例分摊与物业有关的税项

B. 租户要按比例分摊与物业有关的税项和保险费

C. 所有的经营费用，都由租户直接支付

D. 租户应与业主制定出一个有准确数量的上限

E. 租户的租金可按不同时间支会给业主

三、判断题（共15题，每题1分。请根据判断结果，在答题卡上涂黑其相应的符号，用"√"表示正确，用"×"表示错误。不答不得分，判断错误扣1分，本题总分最多扣至零分。）

1. 房地产周期循环是指房地产业活动或其投入与产出有相当的波动现象，且此现象重复发生。（　　）

2. 风险的变动常常可以用标准方差来表示。一般说来，标准方差越大，各种可能收益的分布就越集中，投资风险也就越小。（　　）

3. 逐年从产品经营利润中提取折旧，以补偿固定资产在使用中的磨损和贬值。（　　）

4. 机会成本是资本在某一段时间内最高和最安全的投资机会的收益。（　　）

5. 房地产业在作为产业出现时，金融资本供给方的决策会直接影响房地产市场的价格，进而影响市场供给及人们对房地产租金价格水平的预期，从而导致市场空置情况及实际租金水平的变化。（　　）

6. 某租客5年支付的物业租金的现值为40万元，年租金的增长率为2%，如果贴现率与之相同，则该租客第一年末支付的租金8.4万元。（　　）

7. 由于房屋建筑的使用寿命相对较长，为了尽可能降低房屋建筑的功能性贬值对房地产价值的影响，要求房屋建筑的功能设计和生产中具有超前性和适当的弹性。（　　）

8. 在不同的时间付出或得到同样数额的资金在价值上是相等的。（　　）

9. 房地产的投资回收是指投资者对其所投入资本的回收。（　　）

10. 房地产开发项目土地费用是指为取得房地产开发项目用地而发生的费用。（　　）

11. 房地产类型会间接影响房地产项目租售期的长短。（　　）

12. 在开发商与承包商之间的各种合同文件的履行过程中，有关工程的洽商、变更等书面文件，优先于合同通用条款。（　　）

13. 房地产投资项目的风险分析，主要是针对可判断其变动可能性的风险因素。（　　）

14. 调查研究主要从市场调查和经济调查两个方面进行的。（　　）

15. 当担保企业的经营状况出现较大的不利变化时，就会引起贷款保证风险。（　　）

四、计算题（共2题，20分。要求列出算式，计算过程；需按公式计算的，要写出公式；仅有计算结果而无计算过程的，不得分。计算结果保留小数点后两位。请在答题纸上作答。）

1. 假设一家庭2000年12月31日为购买价值80万元的住宅，申请了相当于房价70%的住宅抵押贷款，期限为15年，年利率为6%，按月等额还本付息。2005年1月1日，该家庭由于某种财务需要拟申请二次住房抵押贷款，二次抵押贷款按产权人拥有权益的50%发放。已知当地住宅价值年上涨率为5%，问该家庭申请二次贷款时，最多能够得到多少抵押贷款？

2. 已知某项房地产投资的净现金流量如下表所示。求该投资项目的财务内部收益率。

如果投资目标收益率为10％时，求该投资项目的动态投资回收期。

净现金流量（单位：万元）

年份	0	1	2	3	4	5	6
现金流入		300	300	350	400	400	600
现金流出	1 200						
净现金流量	−1 200	300	300	350	400	400	600

命题趋势权威试卷 (六) 参考答案

一、单项选择题

1. D	2. A	3. B	4. B	5. C
6. A	7. C	8. D	9. B	10. D
11. C	12. D	13. A	14. C	15. A
16. A	17. D	18. B	19. B	20. A
21. B	22. D	23. D	24. C	25. C
26. B	27. B	28. A	29. D	30. C
31. A	32. A	33. A	34. D	35. D

二、多项选择题

1. ABCD	2. DE	3. ACDE	4. BD	5. AB
6. ABDE	7. ABC	8. ACD	9. BCD	10. BCE
11. ABDE	12. AB	13. ACDE	14. ABDE	15. ABC

三、判断题

1. √	2. ×	3. ×	4. ×	5. √
6. ×	7. √	8. ×	9. √	10. √
11. ×	12. ×	13. √	14. ×	15. √

四、计算题

1. 由题可知：

月利率：$i = 6\% \div 12 = 0.5\%$

2005 年 1 月 1 日房地产的市场价值：

$$V = 800\,000 \times (1 + 5\%)^4 = 972\,405 \ (元)$$

第一次抵押贷款月还款额：

$$A = P \times \frac{i \times (1+i)^n}{(1+i)^n - 1} = 800\,000 \times 70\% \times \frac{0.5\% \times (1 + 0.5\%)^{180}}{(1 + 0.5\%)^{180} - 1} = 4\,725.6 \ (元)$$

2005 年 1 月 1 日未偿还第一抵押贷款价值：

$$V_M = \frac{A}{i} \times \left[1 - \frac{1}{(1+i)^n}\right] = \frac{4\,725.6}{0.5\%} \times \left[1 - \frac{1}{(1+0.5\%)^{132}}\right] = 455\,829.31 \text{（元）}$$

2005 年 1 月 1 日家庭拥有的住房权益：

$$V_E = V - V_M = 972\,405 - 455\,829 = 516\,576 \text{（元）}$$

家庭申请二次贷款时，最多能够得到的抵押贷款：

$$516\,576 \times 50\% = 258\,288 \text{（元）}$$

2. 根据题意列表如下：

年份	0	1	2	3	4	5	6
现金流量		300	300	350	400	400	600
现金流出	1 200						
净现金流量	−1 200	300	300	350	400	400	600
NPV_1 净现值	−1 200	250	208	202	193	161	201
$i_1 = 20\%$ 累计值	−1 200	−950	−742	539	−346	−185	15
NPV_2 净现值	−1 200	248	205	198	187	154	191
$i_2 = 20\%$ 累计值	−1 200	−952	−747	−550	−363	−208	−18
$i_2 = 20\%$ 累计值	−1 200	−952	−747	−550	−363	−208	−18
NPV 净现值	−1 200	273	248	263	273	248	339
$i_c = 20\%$ 累计值	−1 200	−927	−679	−416	−143	105	444

根据上表的计算，可得：

当 $i_1 = 20\%$ 时，$NPV_1 = 15$

当 $i_2 = 21\%$ 时，$NPV_2 = -18$

由此可知，$FIRR = 20\% + \left(\frac{15}{15+18}\right) \times 1\% = 20.45\%$

动态投资回收周期 =（累计净现金流量现值开始出现正值期数 −1）×

$\underline{\text{上期累计净现金流量现值的绝对值}}$ $= 5 - 1 + \frac{143}{248} = 4.58$（年）
$\qquad$ 当期净现金流量现值

命题趋势权威试卷（七）

一、单项选择题（共 35 题，每题 1 分。每题的备选答案中只有一个最符合题意，请在答题卡上涂黑其相应的编号。）

1. 国外研究表明，房地产的经济寿命与其（　　）相关。
   A. 建筑结构　　　　　　B. 所在区域　　　　C. 使用性质　　　　D. 使用过程

2. 开发商以某一价格出售"物业＋健身房会员资格＋保龄球馆会员资格＋游泳池会员资格"时，该价格比这四项各自价格之和低了许多，开发商采用的是（　　）技巧。
   A. 产品线定价　　　　B. 选择品定价　　　C. 补充品定价　　　D. 产品束定价

3. 建筑物内可出租面积与总建筑面积之比称为（　　）。
   A. 空置率　　　　　　B. 有效面积系数　　C. 建筑密度　　　　D. 建筑容积率

4. 某开发项目的规划建设用地面积为 5 000 m²，如果地上建筑容积率为 6、建筑覆盖率为 50％、楼高 17 层（其中 1～4 层为建筑面积相等的裙房，5～17 层为标准层），则标准层每层建筑面积为（　　）m²。
   A. 882　　　　　　　B. 1 765　　　　　　C. 1 667　　　　　D. 1 538

5. 根据（　　）的不同，可将房地产市场划分为销售市场、租赁市场、抵押市场和保险市场。
   A. 房地产交易方式　　　　　　　　　　B. 房地产交易顺序
   C. 购买房地产目的　　　　　　　　　　D. 房地产类型

6. 某城市 2004 年存量商品住房的吸纳率为 40％，则该城市同期存量商品住房的吸纳周期是（　　）。
   A. 0.4 月　　　　　　B. 2.5 月　　　　　C. 0.4 年　　　　　D. 2.5 年

7. 在房地产周期循环过程中，空置率持续下降到合理空置率以下的阶段为房地产市场自然周期中的（　　）。
   A. 第一阶段　　　　　B. 第二阶段　　　　C. 第三阶段　　　　D. 第四阶段

8. 如果同一地区的某一类型物业的售价持续以较大幅度上涨，那么该类型物业的出租需求就会（　　）。
   A. 减少　　　　　　　B. 增加　　　　　　C. 不变　　　　　　D. 同步递减

9. 承包商收到竣工结算价款后，通常应在（　　）内将竣工工程交付给开发商。
   A. 半个月　　　　　　B. 一个月　　　　　C. 一个半月　　　　D. 二个月

10. 在下列定价方法中，需要使用损益平衡图的是（　　）。
    A. 目标定价法　　　　B. 价值定价法　　　C. 挑战定价法　　　D. 成本加成定价法

11. 某开发商向银行申请了利率 6％，期限为 10 年，按年等额偿还的一笔总额为 100 万元的贷款，则该开发商第一年的还本付息额为（　　）。
    A. 7.59 万元　　　　B. 7.28 万元　　　　C. 13.59 万元　　　D. 6.05 万元

12. 下列因素中，属于房地产置业投资项目主要不确定性因素的是（　　）。
    A. 空置率　　　　　　B. 利息备付率　　　C. 容积率　　　　　D. 成本利润率

13. 在房地产开发项目经济评价中，选择评价的基础参数时，一般将空置率归为（　　）。

    A. 融资类参数   B. 评价标类指标

    C. 时间类参数   D. 收益类指标

14. 下列市场调查的内容中，属于可控因素调查的是（　　）。

    A. 消费者行为调查   B. 市场营销因素调查

    C. 竞争情况调查   D. 市场需求容量调查

15. 在房地产市场自然周期的复苏阶段，房地产市场中的空置与合理空置率的关系是（　　）。

    A. 空置率＝合理空置率   B. 空置率＜合理空置率

    C. 空置率＞合理空置率   D. 不能判断

16. 现金流入与现金流出之差称为（　　）。

    A. 现金波动值   B. 现金后期值   C. 净现金流量   D. 现金流量差值

17. 某家庭预计在今后 10 年内的月收入为 16000 元，如果其中 30% 用于支付住房抵押贷款的月还款额，年贷款利率为 12%，则该家庭有偿还能力的最大抵押贷款的申请额是（　　）。

    A. 31.46 万元   B. 32.46 万元   C. 33.46 万元   D. 34.46 万元

18. 某笔住房拆押贷款按月还本付息，其月利率为 0.5%，通常称为"年利率 6%、每月计息一次"，即"名义利率"。当按单利息计算时，名义利率和实际利率是一致的，按复利计息时它们的关系为（　　）。

    A. 相等   B. 不相等   C. 可能会相等   D. 不能确定

19. 下列选项中，（　　）更能反映房地产开发投资项目的真实经济效果。

    A. 开发工作量   B. 经营利润   C. 经营收入   D. 投资数额

20. （　　）是开发利润与总开发成本的比率，是初步判断房地产开发项目财务可行性的一个经济评价指标。

    A. 开发利润率   B. 财务利润率   C. 项目利润率   D. 成本利润率

21. 已知某项房地产投资的净现金流量如下表所示。求该投资项目的财务内部收益率。如果投资目标收益率为 10% 时，该投资项目的动态投资回收期为（　　）年。

净现金流量

（单位：万元）

年份	0	1	2	3	4	5	6
现金流入		300	300	350	400	400	600
现金流出	1 200						
净现金流量	−1 200	300	300	350	400	400	600

    A. 4.00   B. 4.58   C. 4.625   D. 5.16

22. 已知某房地产投资项目的购买投资为 4 500 万元，流动资金为 500 万元。如果投资者投入的权益资本为 1 500 万元，经营期内年平均利润总额为 650 万元，年平均税后利润为 500 万元。试计算该投资项目的资本金利润率为（　　）。

    A. 13.0%   B. 43.3%   C. 33.3%   D. 23.3%

23. 房地产开发项目建成时，按国家有关财务和会计制度，转入房地产产品的开发建设投资是指（　　）。

 A. 经营成本   B. 开发产品成本   C. 期间费用   D. 开发项目总投资

24. 采用综合的单位建筑面积或单位建筑体积等建筑工程概算指标计算整个工程费用，是（　　）。

 A. 单元估算法   B. 单位指标估算法

 C. 工程量近似匡算法   D. 概算指标法

25. 初步可行性研究阶段投资估算的精确度可达（　　），所需费用约占总投资的 0.25%～1.5%。

 A. ±5%   B. ±10%   C. ±20%   D. ±30%

26. 房地产开发是一项综合性经济活动，投资额大，建设周期长，涉及面广。要想使开发项目达到预期的经济效果，必须首先做好（　　）工作。

 A. 项目策划   B. 项目方案的设计   C. 可行性研究   D. 成本收益分析

27. 投资组合是（　　）的一个有效措施。

 A. 提高投资收益   B. 提高市场竞争力   C. 开拓投资领域   D. 规避投资风险

28. （　　）是指以单位工程量投资乘以工程量得到单项工程投资的估算方法。

 A. 单元估算法   B. 单位指标估算法   C. 工程量近似匡算法 D. 概算指标法

29. 张先生以 10 万元的预付款购买了一套时价为 100 万元的期房住宅，一年后该住宅交付使用时，现房价格涨到了 120 万元，那么，张先生预付款的收益率为（　　）。

 A. 10%   B. 20%   C. 50%   D. 200%

30. 贷款质押是借款人以（　　）作为债权的担保。

 A. 第三方保证人以自身的财产   B. 财产

 C. 不动产   D. 动产或权力

31. 下列关于计算贷款综合风险度的系数的表述中，不正确的是（　　）。

 A. 企业信用等级越高，信用等级系数值越高

 B. 贷款期限越长，期限系数值越大

 C. 项目风险越大，风险等级系数值越大

 D. 用商品房抵押与用其他房屋和建筑物抵押相比，贷款方式系数值较低

32. 市场经济条件下，物业租金水平的高低主要取决于（　　）。

 A. 经营成本   B. 物业档次

 C. 业主目标收益要求   D. 同类型物业的市场供求关系

33. 王某打算承租某写字楼的一个单元，在可出租面积波及系数计算上与业主发生了分歧，后经测量得出以下数据：出租单元内使用面积 30 m²，外墙面积 6 m²，单元间分隔墙面积 8 m²，公摊面积 3 m²。那么，可出租面积应为（　　）。

 A. 33 m²   B. 40 m²   C. 43 m²   D. 47 m²

34. 物业管理公司在选择零售商作为零售商业物业的租户时，首先要考虑的因素是（　　）。

 A. 零售商的财务能力   B. 零售商需要的服务

 C. 零售商组合与位置分配   D. 零售商的声誉

35. 某单位拥有的一出租物业的原值为 5 000 万元，年租金收入为 600 万元，则该单位应缴纳的年房产税数额为（　　）。

 A. 42.0 万元   B. 50.4 万元   C. 60.0 万元   D. 72.0 万元

二、多项选择题（共 15 题，每题 2 分。每题的备选答案中有两个或两个以上符合题意，请在答题卡上涂黑其相应的编号。全部选对的，得 2 分；错选或多选的，不得分；少选且选择正确的，每个选项得 0.5 分。）

1. 房地产投资的弊端有（　　）。

    A. 不可移动性   B. 变现性差

    C. 投资数额巨大   D. 投资回收期长

    E. 需要专门的知识和经验

2. 物业的资本价值在很大程度上取决于预期的收益现金流和可能的未来经营费用水平，未来经营费用包括（　　）。

    A. 重新装修费用

    B. 更新改造费用

    C. 建筑物存在内在缺陷导致结构损坏的修复费用

    D. 空置损失费用

    E. 为偿债或其他原因急于将房地产变现时的折价损失

3. 关于房地产企业的经营收入、利润和税金，存在的数量关系有（　　）。

    A. 经营收入＝销售收入＋出租收入＋自营收入

    B. 利润总额＝经营利润＋营业外收支净额

    C. 税后利润＝利润总额－所得税

    D. 经营利润＝经营收入－经营成本－期间费用－销售税金

    E. 销售税金＝营业税＋城市维护建设税＋房产税＋土地使用税

4. 房地产开发程序可以划分为（　　）等阶段。

    A. 物业管理阶段   B. 前期工作

    C. 建设阶段   D. 租售阶段

    E. 投资机会选择与决策分析

5. 衡量房地产开发企业偿债能力的主要指标包括（　　）。

    A. 存货周转率   B. 利息保障倍数

    C. 资产负债率   D. 流动比率

    E. 速动比率

6. 现金流量法对于（　　）等类型的开发项目评估尤其有效。

    A. 一栋高层写字楼   B. 居住小区综合开发项目

    C. 商业区开发项目   D. 工业开发项目

    E. 新区开发和旧城改造项目

7. 物业的资本价值在很大程度上取决于预期的收益现金流和可能的未来经营费用水平，未来经营费用包括（　　）。

    A. 更新改造费用

    B. 建筑物存在内在缺陷导致结构损坏的修复费用

    C. 空置损失费用

D. 重新装修费用

E. 为偿债或其他原因急于将房地产变现时的折价损失

8. 下列各项中，用以反映项目清偿能力的指标有（   ）。

A. 利息备付率

B. 偿债备付率

C. 内部收益率

D. 资产负债率

E. 速动比率

9. 物业管理企业在确定写字楼租金时，一般要考虑的主要因素有（   ）。

A. 出租方的商业信誉

B. 基础租金与市场租金

C. 可出租或可使用面积

D. 出租单元的面积规划和室内装修

E. 物业管理企业的经营业绩

10. 目前我国房地产开发投资企业纳税的税种有（   ）。

A. 经营税金及附加

B. 城镇土地使用税

C. 房地产税

D. 物业税

E. 企业所得税

11. 属于房地产项目价格不确定性因素的是（   ）。

A. 租金

B. 售价

C. 最高销售量

D. 最高工程费用

E. 最高购买价格

12. 可行性研究是在投资前期所做的工作，它分为（   ）阶段。

A. 投资机会研究

B. 初步可行性研究

C. 初步可行性计划制定

D. 详细可行性研究

E. 项目评估与决策

13. 在可行性研究阶段，房屋开发费用中各项费用的估算可以采用的方法有（   ）。

A. 单元估算法

B. 概预算定额法

C. 工程量近似匡算法

D. 蒙特卡洛模拟法

E. 单位指标估算法

14. 新设项目法人融资形式的特点有（   ）。

A. 项目投资由新设项目法人筹集的资本金和债务资金构成

B. 新设项目法人承担相应的融资责任和风险

C. 从项目投产后的经济效益来考察偿债能力

D. 从既有法人的财务整体状况来考察融资后的偿债能力

E. 拟建项目在既有法人资产和信用基础上进行，并形成其增量资产

15. 下列关于写字楼基础租金的表述中，正确的有（   ）。

A. 基础租金是根据业主希望达到的投资收益率目标和其可接受的最低租金水平确定的

B. 基础租金高于市场租金时，物业管理企业需要降低经营费用

C. 基础租金低于市场租金时，物业管理企业需要降低经营费用

D. 在写字楼市场较好的情况下，市场租金一般高于基础租金

E. 在写字楼市场较好的情况下，市场租金一般低于基础租金

三、判断题（共 15 题，每题 1 分。请根据判断结果，在答题卡上涂黑其相应的符号，用"√"表示正确，用"×"表示错误。不答不得分，判断错误扣 1 分，本题总分最多扣至零分。）

1. 一般说来，市场所包括的地域范围越大，其研究的深度就越浅，研究成果对房地产投资者的实际意义就越大。　　　　　　　　　　　　　　　　　　　　　（　　）

2. 房地产开发投资规模大、风险高、回收期长，故金融业一般不愿向房地产开发融资。
　　　　　　　　　　　　　　　　　　　　　　　　　　　　　　　　　　（　　）

3. 我国房地产投资统计仅包含房地产开发投资，对未进行开发工程、只进行单纯的土地或房地产资产交易活动，不作为房地产开发投资统计。　　　　　　　　　　（　　）

4. 投资机会选择和决策分析类似于我们通常所说的可行性研究。　　　　　　　（　　）

5. 土地使用权划拨是指县级以上人民政府依法批准，在土地使用者缴纳补偿、安置等费用后将该幅土地交付其使用，或者将土地使用权无偿交付给土地使用者使用的行为。
　　　　　　　　　　　　　　　　　　　　　　　　　　　　　　　　　　（　　）

6. 由于市场营销费用只能在一定范围内，市场预测是相对条件下预测的最大市场需求。
　　　　　　　　　　　　　　　　　　　　　　　　　　　　　　　　　　（　　）

7. 居住区总用地是指居住范围内除公共建筑用地外的用地面积。　　　　　　　（　　）

8. 在非线性盈亏平衡分析中，有可能出现多个盈亏平衡点。　　　　　　　　　（　　）

9. 随着房地产信贷规模逐渐扩大，传统的房地产金融机构为了增加贷款额度开始实施抵押贷款证券化。　　　　　　　　　　　　　　　　　　　　　　　　　　　（　　）

10. 一般工业生产活动中的投资包括固定资产投资和流动资金两部分。　　　　（　　）

11. 房地产开发投资企业的所得税率一般为 20%。　　　　　　　　　　　　（　　）

12. 投资利润率分为开发投资的利润率和开发投资的投资利润率。　　　　　　（　　）

13. 房地产抵押贷款二级市场与高地产抵押一级市场相对应，在一级市场中，商业银行和储蓄机构等利用直接融资渠道发放抵押贷款。而二级市场是将房地产抵押市场与资本市场融合的市场。　　　　　　　　　　　　　　　　　　　　　　　　　　　（　　）

14. 债务融资的资金融出方承担较少的项目投资风险，其所获得的报酬是融资协议中所规定的贷款利息和有关费用。　　　　　　　　　　　　　　　　　　　　　　　（　　）

15. 租户常常要缴纳订金，以保证其在租约有效期间内能够很好地履行租赁合约。（　　）

四、计算题（共 2 题，20 分。要求列出算式，计算过程；需按公式计算的，要写出公式；仅有计算结果而无计算过程的，不得分。计算结果保留小数点后两位。请在答题纸上作答。）

1. 某开发商于 2000 年 8 月 1 日投资开发一个专业商场，开发期为 3 年，平均售价为 0.8 万元/m²。2002 年 8 月 1 日王某以 1.1 万元/m² 的价格购买了其中 50 m² 的店面，并向开发商支付了 5 万元定金，产权持有期为 47 年。2003 年 8 月 1 日开发商交房时，王某又支付了 11.5 万元，余款由商业银行提供的 10 年期抵押贷款支付，年贷款利率为 6.5%，按年末等额付款方式偿还。另外，王某与一承租人订了一份为期 10 年（2003 年 8 月 1 日至 2013 年 7 月 31 日）的租赁合同。合同规定，第一年租金为每月 150 元/m²，此后租金按每年 2% 的比率递增，每年年末一次性收取。据估算每年的平均出租经营费用为 3 万元。王某打算在出租期满时，将此店面装修后转售，装修费估计为 6 万元。如果王某要求其自有资金在整个

投资经营期的内部收益率达到12%，试计算届时最低转售单价（计算时点为2003年8月1日，不考虑装修时间和转售税费，计算结果精确到元）。

2. A开发商以3 500万元的价格获得了一宗七通一平的土地，面积4 000 m²，使用年限50年，规划建筑容积率5，用途为酒店。现A开发商与B酒店管理集团就合作开发经营事宜进行协商，由B集团负责投资建设房屋（含设备装修费），并在项目投入运营后由B集团经营，B集团通过经营收益回收投资并获得预期利润后，将项目无偿地移交给A开发商。

B集团估算数据如下：房屋建造成本为每平方米建筑面积4 000元，专业人员费用为建造成本的10%，管理费用为建造成本、专业人员费用之和的5%，建设期3年；建造成本、专业人员费用、管理费用在建设期内均匀投入，年贷款利率（融资费用不另计）10%，按年计息。预测酒店运营期间收益水平保持在3 600万元/年，运营成本为收益的35%，B集团目标成本利润率为45%。

假设项目收益发生在年末，折现率为10%，请测算B集团经营多少年后可收回投资，并达到目标利润。

命题趋势权威试卷（七）参考答案

一、单项选择题

1. C	2. D	3. B	4. D	5. A
6. D	7. C	8. B	9. A	10. A
11. C	12. A	13. D	14. B	15. B
16. C	17. C	18. B	19. C	20. D
21. B	22. B	23. B	24. D	25. D
26. C	27. A	28. B	29. D	30. D
31. C	32. D	33. C	34. D	35. D

二、多项选择题

1. BCDE	2. ABCD	3. BCD	4. BCDE	5. CDE
6. BCDE	7. ABCD	8. ABDE	9. BCD	10. ABCE
11. ABC	12. ABDE	13. ABCE	14. ABC	15. ABD

三、判断题

1. ×	2. ×	3. √	4. √	5. √
6. ×	7. ×	8. √	9. ×	10. √
11. ×	12. ×	13. ×	14. ×	15. ×

四、计算题

1. 计算时点为 2003 年 8 月 1 日为列项目投资现金流量表，计算店面购买总价为：

1.1 万元/m² × 50 m² = 55 万元，投资者两次共支付：5+11.5=16.5（万元），抵押代款总额为：55−16.5=38.5（万元），10 年贷款利率为 6.5%，年末等额还款金额为：$A = Pi/\left[1-(1+i)^{-n}\right] = 38.5 \times 6.5\%/\left[1-\dfrac{1}{(1+6.5\%)^{10}}\right] = 53\,555.3$（元/年）

年份	−1 2 002	0 2 003	1 2 004	2 2 005	3 2 006	4 2 007	5 2 008	6 2 009	7 2 010	8 2 011	9 2 012	10 2 013
购置物业面积/m²		50	50	50	50	50	50	50	50	50	50	50
自有资金净现金流量/元	−50 000	−115 000										
抵押贷款总额/元		385 000										
年还本付息额/元			−53 555	−53 555	−53 555	−53 555	−53 555	−53 555	−53 555	−53 555	−53 555	−53 555
年毛租金收入/元			90 000	91 800	93 636	95 508.7	97 418.9	99 367.3	101 354.6	103 381.7	105 449.3	107 558.3
年经营费用/元			−30 000	−30 000	−30 000	−30 000	−30 000	−30 000	−30 000	−30 000	−30 000	−30 000
年净租金收入/元			60 000	61 800	63 636	65 508.7	67 418.9	69 367.3	71 354.6	73 381.7	75 449.3	77 558.3
装修费/元												−60 000
物业转售收入/元												x

以 2013 年 8 月 1 日为计算时点，以 12% 作为投资收益率，计算项目净现值，使其为零，便可求得物业转售最低售价（总价以及单价）：

$$\text{NPV} = -50\,000 \times (1+12\%) - 115\,000 + \frac{60\,000 - 53\,555.3}{1+12\%} + \frac{61\,800 - 53\,555.3}{(1+12\%)^2} +$$

$$\frac{63\,636 - 53\,555.3}{(1+12\%)^3} + \frac{65\,508.7 - 53\,555.3}{(1+12\%)^4} + \frac{67\,418.9 - 53\,555.3}{(1+12\%)^5} + \frac{69\,367.3 - 53\,555.3}{(1+12\%)^6} +$$

$$\frac{713\,54.6 - 53\,555.3}{(1+12\%)^7} + \frac{733\,81.7 - 53\,555.3}{(1+12\%)^8} + \frac{75\,449.3 - 53\,555.3}{(1+12\%)^9} + \frac{77\,558.3 - 53\,555.3 - 60\,000}{(1+12\%)^{10}} +$$

$$\frac{x}{(1+12\%)^{10}} = -56\,000 - 115\,000 + 5\,754.2 + 6\,572.6 + 7\,175.2 + 7\,596.6 + 7\,866.6 + 8\,010.9 +$$

$$8\ 051.5+8\ 007.6+7\ 895.2-11\ 590.1+\frac{x}{3.1058}=0$$

解得 $x=359\ 221.47$（元）

2013 年 8 月 1 日的最低转售总价为 359 222 元，转售单价为 7 184.5 元/m²。

2. 第一种情况：

(1) 总开发价值

1) 项目年净收益：$3\ 600\times(1-35\%)=2\ 340$（万元）

2) 总开发价值：$P=A/i\ [1-1/(1+i)^n]=2\ 340/10\%\ [1-1/(1+10\%)^n]$

(2) 总开发成本

1) 总建筑面积：$4\ 000\times5=20\ 000$（m²）

2) 建造成本：$4\ 000\times20\ 000=8\ 000$（万元）

3) 专业人员费用：$8\ 000\times10\%=800$（万元）

4) 管理费用：$(8\ 000+800)\times5\%=440$（万元）

5) 财务费用：$(8\ 000+800+440)\ [(1+10\%)^{3/2}-1]=1\ 420$（万元）

6) 总开发成本：$8\ 000+800+440+1420=10\ 660$（万元）

(3) 成本利润率

成本利润率＝（总开发价值－总开发成本）/总开发成本×100%

$45\%=\{2\ 340/10\%\ [1-1/(1+10\%)^n]-10\ 660\}/10\ 660$

$1.1^n=2.94599$

$n\lg1.1=\lg2.94599$（或用插入法计算 n）

得 $n=11.34$（年）

第二种情况：

(1) 总建筑面积：$4\ 000\times5=20\ 000$（m²）

(2) 建造成本：$4\ 000\times20\ 000=8\ 000$（万元）

(3) 专业人员费用：$8\ 000\times10\%=800$（万元）

(4) 管理费用：$(8\ 000+800)\times5\%=440$（万元）

(5) 财务费用：$(8\ 000+800+400)\ [(1+10\%)^{3/2}-1]=1\ 420$（万元）

(6) 开发成本：$8\ 000+800+440+1\ 420=10\ 660$（万元）

(7) 利润：$10\ 660\times45\%=4\ 797$（万元）

(8) 开发成本与利润合计：$10\ 660+4\ 797=15\ 457$（万元）

(9) 项目年净收益：$3\ 600\times(1-35\%)=2\ 340$（万元）

(10) 设 B 集团可接受的合作经营年限为 n

n 年收益的折现值：$2\ 340/10\%\ [1-1/(1+10\%)^n]$

根据：$15\ 457=2\ 340/10\%\ [1-1/(1+10\%)^n]$

$1.1^n=2.945\ 99$

$n\lg1.1=\lg2.945\ 99$（或用插入法计算 n）

得 $n=11.34$（年）

命题趋势权威试卷 (八)

一、单项选择题（共 35 题，每题 1 分。每题的备选答案中只有一个最符合题意，请在答题卡上涂黑其相应的编号。）

1. 房地产的投资风险中，物业实际运营费用支出超过预期运营费用而带来的风险是指（　　）。
   A. 资本价值风险　　　　　　　　　B. 未来运营费用风险
   C. 时间风险　　　　　　　　　　　D. 持有期风险

2. 下列房地产投资风险中，属于系统风险的是（　　）。
   A. 比较风险　　　　B. 通货膨胀风险　　　C. 时间风险　　　D. 资本价值风险

3. 某投资市场的平均收益率为 12%，银行贷款利率为 5.17%，国债收益率为 3.5%，房地产投资的风险相关系数为 0.5。那么，当前房地产投资的折现率为（　　）。
   A. 3.5%　　　　　B. 5.17%　　　　C. 7.75%　　　D. 8.59%

4. 某市 2003 年新开工的房屋建筑面积为 90×10^4 m²，2002 年未完工转入 2003 年继续施工的房屋建筑面积为 30×10^4 m²，2003 年竣工的房屋建筑面积为 80×10^4 m²。那么，该市房屋的平均建设周期为（　　）。
   A. 0.5 年　　　　　B. 1.5 年　　　　C. 2 年　　　　D. 3 年

5. 下列关于房地产市场特性的表述中，说房地产市场具有（　　）是不正确的。
   A. 供给非同质性　　B. 需求多样性　　　C. 竞争充分性　　D. 交易复杂性

6. 某笔贷款的季利率为 2%，每季度计息一次，按复利计息，那么，年名义利率是（　　）。
   A. 8%　　　　　　B. 6.12%　　　　C. 12.62%　　　D. 8.24%

7. 可行性研究是在投资决策前，对建设项目进行全面的（　　）分析、论证的科学方法。
   A. 技术经济　　　　B. 收益成本　　　C. 经济效益　　　D. 盈利能力

8. 某物业的购买价为 100 万元，其中 50 万元为银行抵押贷款，期限 10 年，年利率 12%，按年等额偿还，如该物业年净经营收入为 30 万元，则该物业投资的还本付息比率为（　　）。
   A. 4.00　　　　　B. 0.15　　　　　C. 0.19　　　　D. 3.39

9. 某房地产开发项目拟有三个投资方案，若对这三个方案的经济合理性进行比较，则比较的基础是该项目的（　　）。
   A. 资金来源与运用表　　　　　　　B. 损益表
   C. 资本金现金流量表　　　　　　　D. 全部投资现金流量表

10. 从理论上讲，房地产市场分析的第一步工作是（　　）。
    A. 设计问卷　　　　B. 收集信息　　　C. 定义市场区域　　D. 确定调查方式

11. 不属于开发商对房地产租售定价方法的是（　　）。
    A. 成本导向定价　　　　　　　　　B. 销售导向定价
    C. 购买者导向定价　　　　　　　　D. 竞争导向定价

12. 国内外市场环境调查的内容不包括（   ）。

    A. 政治法律环境　　　B. 经济环境　　　C. 技术发展环境　　　D. 人口环境

13. （   ）就是要估算出一个特定的市场对某种产品的潜在需求数量。

    A. 价值估算　　　B. 有形预测　　　C. 市场趋势预测　　　D. 市场需求预测

14. 不属于影响消费者购买因素的是（   ）。

    A. 经济因素　　　B. 社会因素　　　C. 个人因素　　　D. 理性因素

15. 设计合理、功能齐全是居住建筑受市场欢迎的先决条件，一般认为（   ）建筑面积的户型较为理想。

    A. 70～110 m²　　　B. 80～120 m²　　　C. 90～130 m²　　　D. 100～150 m²

16. 某居民购买一套价值 80 万元的住宅，计划自己首付 30%，其余向银行抵押贷款，贷款利率为 6%，如果在 10 年内按月等额偿还，该居民月还款额是（   ）元。

    A. 240　　　B. 622　　　C. 312　　　D. 874

17. 某家房地产企业获得贷款 1000 万元，期限为 2 年，年利率为 12%，若借贷双方约定按季度付息，则房地产企业每次为该笔贷款支付的利息总额是（   ）万元。

    A. 120　　　B. 200　　　C. 220　　　D. 240

18. 某房地产开发商向银行贷款 3000 万元，期限为 3 年，年利率为 8%，若该笔贷款的还款方式为期间按季度计息、到期后一次偿还本息，则开发商为该笔贷款支付的利息总额是（   ）万元。

    A. 378.49　　　B. 678.22　　　C. 779.14　　　D. 804.73

19. 某开发项目规划建设用地面积为 3 000 m²，总容积率为 5.5，已知项目开发周期为 1.5 年，购买土地使用权后即开始建设，工期为 1 年，租售期 0.5 年；地价为 1 000 万元，购买土地使用权手续费为地价的 1.5%，项目开发成本为 2 000 元/m²，开发商市场推广费为开发成本的 3.5%。贷款利率为 10%，销售代理费为销售收入的 2.5%，销售税费为销售收入的 5.48%，项目的平均售价为 5 000 元/m²，项目可销售面积的比例为 90%，开发商的成本利润率是（   ）。

    A. 52%　　　B. 48.74%　　　C. 40.31%　　　D. 39.13%

20. 房地产产品出售、出租时，将开发产品成本按照国家有关财务和会计制度结转的成本是（   ）。

    A. 经营成本　　　B. 开发产品成本　　　C. 期间费用　　　D. 开发项目总投资

21. （   ）是由开发项目全部投资的内部收益率表明的。

    A. 项目投资所能支付的最高贷款利率

    B. 将未来收益或收入转换成现值的收益率

    C. 投资者每年所获得的或期望获得的收益率

    D. 项目年净收益与项目投资的资本价值之比

22. 设某房地产综合开发项目投资总额为 4 059.6 万元，销售收入为 4 550 万元，销售成本为 512 万元，销售税金为 275 万元，归还贷款 1 980 万元，公司应缴纳的所得税为销售利润的 15%，该项目的税后投资收益率为（   ）。

    A. 28.74%　　　B. 32.58%　　　C. 37.33%　　　D. 43.92%

23. 开发利润占总开发成本的比率，是初步判断房地产开发项目财务可行性的一个经济评价指标，这一指标称为（　　）。

   A. 成本利润率   B. 投资利润率   C. 资本金利润率   D. 资本金净利润率

24. 综合风险度超过（　　）的，即为高风险贷款，对高风险贷款，银行一般不予发放贷款。

   A. 50%   B. 60%   C. 70%   D. 80%

25. 动态投资回收期是指项目以（　　）抵偿全部投资所需的时间。

   A. 净现金   B. 净收益   C. 净现值   D. 财务净现值

26. 对开发商而言，在下列合同形式及补充条款中，风险最大的是（　　）。

   A. 固定总价合同，采用按日计价的增价条款

   B. 固定总价合同，采用重大增价条款调整

   C. 固定总价合同，采用延期增价条款

   D. 成本加浮动酬金合同

27. 房地产开发项目所采用的建筑工程施工合同文件优先解释的顺序为（　　）。

   A. 合同协议书、投标书及其附件、图纸、工程报价单或预算书

   B. 图纸、投标书及其附件、合同协议书、工程报价单或预算书

   C. 合同协议书、投标书及其附件、工程报价单或预算书、图纸

   D. 图纸、工程报价单或预算书、投标书及其附件、合同协议书

28. 当开发项目完工并具备竣工验收条件后，负责组织有关单位进行验收的是（　　）。

   A. 开发商   B. 设计单位   C. 承包商   D. 监理单位

29. 2002年3月某人以4:5万元的预付款订购了一套售价为30万元的期房，2003年3月该项目交付使用时，楼价上涨到33.6万元，则其预付款的收益率为（　　）。

   A. 12%   B. 13.4%   C. 80%   D. 125%

30. 目前，中国个人住房抵押贷款期限最长不超过（　　）年。

   A. 10   B. 15   C. 20   D. 30

31. 房地产项目开发经营期内各期的资金盈余或短缺情况，用于选择资金筹措方案，制定适宜的借款及偿还计划是由（　　）来反映的。

   A. 资金来源与运用表 B. 损益表   C. 资产负债表   D. 现金流量表

32. 估算房地产开发项目的收入，首先要制定切实可行的（　　）。

   A. 融资计划   B. 出租计划   C. 销售计划   D. 租售计划

33. 关于房地产项目融资说法错误的是（　　）。

   A. 房地产投资者为确保投资项目的顺利进行而进行的融通资金的活动

   B. 通过为房地产投资项目融资，投资者通常可将固着在土地上的资产变成可流动的资金

   C. 实质是充分发挥房地产的财产功能，为房地产投资融通资金，以达到尽快开发提高投资益的目的

   D. 房地产项目融资只包括资金筹措而不包括资金供应

34. 某项目的同类物业市场平均销售价格为2 500元/m²，资金收益率为15%，若项目建成后用于出租，则月租金水平可定为（　　）元/m²。

   A. 50.6   B. 60.6   C. 34.8   D. 44.6

35. 公司或企业从事各种业务经营活动的建筑物及其附属设施和相关的场地称为（　　）。

A. 广义的写字楼   B. 投资性物业中的写字楼

C. 高档写字楼   D. 收益性房地产

二、多项选择题（共 15 题，每题 2 分。每题的备选答案中有两个或两个以上符合题意，请在答题卡上涂黑其相应的编号。全部选对的，得 2 分；错选或多选的，不得分；少选且选择正确的，每个选项得 0.5 分。）

1. 产投资的不利之处在于（   ）。

    A. 变现性差   B. 投资数额巨大

    C. 投资回收周期较长   D. 需要专门的知识和经验

    E. 风险大

2. 房地产开发程序中的前期工作包括（   ）等。

    A. 可行性研究   B. 获取土地使用权

    C. 规划设计与建设方案的制订   D. 安排短期和长期信贷

    E. 开发项目保险事宜洽谈

3. 按照计价方式的不同，建筑工程施工合同形式分为（   ）。

    A. 固定价格合同   B. 包工包料合同

    C. 独立承包合同   D. 成本加酬金合同

    E. 计量估价合同

4. 房地产开发投资中的销售税金，又称"两税一费"，包括（   ）。

    A. 营业税   B. 教育费附加

    C. 城市维护建设税   D. 房产税

    E. 土地使用费

5. 制定租售方案的工作内容主要包括（   ）。

    A. 宣传手段选择   B. 租售进度安排

    C. 租售价格确定   D. 租售选择

    E. 广告设计及安排

6. 房地产置业投资的投资者从长期投资的角度出发，希望获得的利益有（   ）。

    A. 自我消费   B. 房地产保值

    C. 房地产增值   D. 开发利润

    E. 出租收益

7. 调查项目可分为（   ）。

    A. 试探性调查   B. 基础性调查

    C. 背景性调查   D. 描述性调查

    E. 因果性调查

8. 分析市场趋势的方法有（   ）。

    A. 潜在分析法   B. 宏观环境预测法

    C. 销售人员意见综合法   D. 专家意见法

    E. 购买者意图调查法

9. 影响购买者的心理因素有（   ）。

    A. 动机   B. 感觉

C. 学习　　　　　　　　　　　　　　D. 信念和态度

E. 欲望

10. 投标价格如果出现单项报价之和不等于总报价时，符合规定的处理方法有（　　）。

A. 以总报价为准　　　　　　　　　　B. 以单项报价之和修正总报价

C. 以单价为准，重新计算总报价　　　D. 双方可以重新商议价格

E. 该投标报价无效

11. 房地产置业投资的投资者从长期投资的角度出发希望获得的利益有（　　）。

A. 自我消费　　　　　　　　　　　　B. 房地产保值

C. 房地产增值　　　　　　　　　　　D. 开发利润

E. 出租收益

12. 利用期望值法判断投资方案的优劣时，可选择的方案有（　　）。

A. 期望值相同、标准差小的方案

B. 期望值相同、标准差大的方案

C. 标准差系数小的方案

D. 标准差系数大的方案

E. 标准差相同、期望值大的方案

13. 企业确定广告预算的主要方法包括（　　）。

A. 量力而行法　　　　　　　　　　　B. 销售百分比法

C. 目标任务法　　　　　　　　　　　D. 竞争对等法

E. 谈判法

14. 下列房地产定价方法中，属于竞争导向定价的有（　　）。

A. 认知价值定价法　　　　　　　　　B. 价值定价法

C. 领导定价法　　　　　　　　　　　D. 挑战定价法

E. 随行就市定价法

15. 收益性物业管理中，影响有效毛收入的因素有（　　）。

A. 潜在毛租金收入　　　　　　　　　B. 空置损失

C. 租金损失　　　　　　　　　　　　D. 其他收入

E. 经营费用

三、判断题（共 15 题，每题 1 分。请根据判断结果，在答题卡上涂黑其相应的符号，用"√"表示正确，用"×"表示错误。不答不得分，判断错误扣 1 分，本题总分最多扣至零分。）

1. 估算房地产开发项目的收入，首先要制定切实可行的租售计划，租售计划的内容包括拟租售物业的类型、时间和相应的数量、租售价格以及信租收入等。　　　　　　（　　）

2. 房地产产权登记不仅是房地产市场管理的基础和前提，而且可以成为微观管理的枢纽，诸多宏观政策、房地产法规都可以在产权登记管理过程中具体实施。　　　（　　）

3. 过度开发则是反映市场价格和实际价值之间的关系，泡沫反映市场上的供求关系。

（　　）

4. 房地产投资中，风险最大的要算零售商业用房。这是因为零售商业用房对宏观经济变化的反应是最快和最大的。　　　　　　　　　　　　　　　　　　　　　　　（　　）

5. 零售商业物业的基础租金与该物业承租人的经营业绩有关。（　）

6. 开发商进行房地产开发投资，是其积累固定资产的重要方式。（　）

7. 市场潜量是特定环境下随着行业营销费用的无限增长，市场需求所能达到的极限。

（　）

8. 由于数据的限制，常被迫采用市、区等行政区域来确定市场区域，这种确定便于利用人口统计及其他各种统计数据。（　）

9. 由于资金存在时间价值，所以无法直接比较不同时点的现金流量。（　）

10. 内部收益率小于目标收益率时，则认为项目在财务上是可以接受的；如果内部收益率大于目标收益率时，则认为项目在财务上是不可以接受的。（　）

11. 房地产类型会直接影响房地产项目租售期的长短。例如，商用房地产开发项目的租售周期要远远大于住宅项目。（　）

12. 房地产开发项目土地费用是指为取得房地产开发项目用地而发生的费用。（　）

13. 如果房地产开发公司想树立高价格形象，则应采用奇数定价策略。（　）

14. 过高或过低的物业租金，都有可能导致业主利益的损失。（　）

15. 物业可以获取的最大租金收入称为潜在毛租金收入。（　）

四、计算题（共 2 题，20 分。要求列出算式，计算过程；需按公式计算的，要写出公式；仅有计算结果而无计算过程的，不得分。计算结果保留小数点后两位。请在答题纸上作答。）

1. 张某于 2000 年 1 月 1 日以 50 万元购得一套住宅，购房款中 60% 来自银行提供的年利率为 6%、期限为 15 年、按月等额偿还的个人住房抵押贷款。现张某拟于 2005 年 1 月 1 日将此套住宅连同与之相关的抵押债务转让给李某。根据李某的要求，银行为其重新安排了还款方案：贷款期限从 2005 年 1 月 1 日至 2014 年 12 月 31 日，年利率为 6%，按月等比递增式还款（月等比递增比率为 0.2%）。问李某在新还款方案下的首次月还款额是多少？

2. 某开发商以 6 000 万元购置了一宗商住用地 50 年的使用权。该宗地的规划建设用地面积为 4 500 m²，容积率为 7.5，建筑密度为 65%，建筑层数共 20 层，从 -2 至 +3 层建筑面积均相等。地下 2 层中，地下一层为车库，有供出售的 95 个车位，地下二层为人防和技术设备用房（不可出售）；地上 3 层裙房为用于出租的商业用房，地上 4~18 层为用于出售的标准层住宅。预计项目的开发周期为 3.5 年（其中准备期为 12 个月，建设周期为 24 个月，销售期为 6 个月）；专业人员费用和管理费用分别为建造成本的 8% 和 5%；地价款在项目开发期初一次投入，建造成本为 3 500 元/m²，专业人员费用和管理费用在建设期内均匀投入；该项目建成后，住宅的市场售价为 8 000 元/m²，商业用房年净租金收入为 2 000 元/m²，停车位售价为 12 万元/个；销售费用和销售税金分别为总销售收入的 2.5% 和 6.0%。开发建设贷款利率为 7.5%，同档次商业用房的净租金收入乘数（即年净租金收入与物业资本价值之比）为 5.5。试计算该项目的开发商成本利润率。

命题趋势权威试卷（八）参考答案

一、单项选择题

1. B	2. B	3. C	4. B	5. C
6. A	7. A	8. D	9. D	10. D
11. B	12. C	13. D	14. D	15. B
16. B	17. D	18. D	19. D	20. A
21. A	22. C	23. A	24. B	25. B
26. D	27. C	28. A	29. C	30. D
31. A	32. D	33. D	34. C	35. B

二、多项选择题

1. ABCD	2. BCDE	3. ABD	4. ABC	5. BDE
6. ABCE	7. ADE	8. BCE	9. ABCD	10. BC
11. ABCE	12. ACE	13. ABCD	14. BDE	15. BC

三、判断题

1. √	2. ×	3. ×	4. √	5. ×
6. ×	7. √	8. √	9. √	10. ×
11. √	12. √	13. ×	14. √	15. √

四、计算题

1. 解法之一

首先画该项目时间示意图如下。

项目开始	转按		项目结束
2000.1.1	2005.1.1	2010.1.1	2014.12.31

（1）计算张某每月等额本息还款的月供：因为 $P = 50 \times 10^4 \times 60\% = 30 \times 10^4$（元），$i = \frac{6\%}{12} = 0.5\%$，$n = 15 \times 12 = 180$（月）

所以 $A=P$（A/P, i, n）$=P \cdot \dfrac{i (1+i)^n}{(1+i)^n-1} = 30 \times 10^4 \times \dfrac{0.5\% (1+0.5\%)^{180}}{(1+0.5\%)^{180}-1}$

$\qquad\qquad =2\,531.57$（元/月）

（2）计算张某从 2005 年 1 月 1 日至 2014 年 12 月 31 日十年应偿还的贷款本息总额（以 2005 年 1 月 1 日为计算时点）：因为 $A=2\,531.57$（元/月），$i=\dfrac{6\%}{12}=0.5\%$，$n=10\times12=120$（月）

所以 $P=A \cdot$（P/A, i, n）$=\dfrac{A}{i}\left[1-\dfrac{1}{(1+i)^n}\right]=\dfrac{2\,531.57}{0.5\%}\left[1-\dfrac{1}{(1+0.5\%)^{120}}\right]$

$\qquad\qquad =228\,027.25$（元）

（3）计算李某从 2005 年 1 月 1 日至 2014 年 12 月 31 日每月按等比递增式还款首月还款额 A_1：因为 $P=228\,027.25$ 元，$i=\dfrac{6\%}{12}=0.5\%$，$s=0.2\%$，$n=120$（月）

所以 $A_1=\dfrac{P(i-s)}{1+\left(\dfrac{1+s}{1+i}\right)^n}=\dfrac{228\,027.25\times(0.5\%-0.2\%)}{1-\left(\dfrac{1+0.2\%}{1+0.5\%}\right)^{120}}$

李某在新还款方案下首次月还款额为 2\,269.32 元。

解法之二：

（1）抵押贷款额

$$P=50\times60\%=30\ （万元）$$

（2）张某月还款额

$$A=P\left[\dfrac{i'(1+i')^n}{(1+i')^n-1}\right]$$

$$=300\,000\times\left[\dfrac{0.5\%\times(1+0.5\%)^{180}}{(1+0.5\%)^{180}-1}\right]$$

$$=2\,531.57\ （元）$$

（3）2005 年 1 月 1 日欠银行本金

$$P=A\dfrac{(1+i)^{n-m}-1}{i(1+i)^{n-m}}=2\,531.57\times\dfrac{(1+0.5\%)^{180-60}-1}{0.5\%\times(1+0.5\%)^{180-60}}$$

$$=228\,027.25\ （元）$$

（4）李某首期还款

$$A_1=\dfrac{P(i-s)}{1-\left(\dfrac{1+s}{1+i}\right)^{n-m}}=\dfrac{228\,027.25\times(0.5\%-0.2\%)}{1-\left(\dfrac{1+0.2\%}{1+0.5\%}\right)^{180-60}}$$

$$=2\,269.32\ （元）$$

2.（1）总开发价值：

1）项目总建筑面积：$4\,500\times7.5=33\,750$（m²）

2）基底面积：$4\,500\times65\%=2\,925$（m²）

3）住宅出售面积：$33\,750-2\,925\times5=19\,125$（m²）

4）商业用房建筑面积：$2\,925\times3=8\,775$（m²）

5）项目开发价值（分项）

① 住宅：$0.8 \times 19\ 125 \times (1-6\%) = 14\ 382$（万元）

② 车位：$12 \times 95 \times (1-6\%) = 1\ 071.6$（万元）

③ 商业：$0.2 \times 8\ 775 \times 5.5 = 9\ 652.5$（万元）

出租部分无销售现金

总价值 $= 14\ 382 + 1\ 071.6 + 9\ 652.5 = 25\ 106.1$（万元）

（2）开发成本

1）购地费：$6\ 000$（万元）

2）建造成本：$0.35 \times 33\ 750 = 1\ 1812.5$（万元）

3）专业人员费用：$11\ 812.5 \times 8\% = 945$（万元）

4）管理费：$11\ 812.5 \times 5\% = 590.625$（万元）

5）财务费：

购地款利息 $= 6\ 000 \times [(1+7.5\%)^{3.5} - 1] = 1\ 728.24$（万元）

建造成本、专业人员费、管理费、利息：

$(11\ 812.5 + 945 + 590.625) \times [(1+7.5\%)^{1.5} - 1] = 1\ 529.48$（万元）

财务费用总计：$1\ 728.24 + 1\ 529.48 = 3\ 257.72$（万元）

6）销售费用：$(0.8 \times 19\ 125 + 12 \times 95) \times 2.5\% = 411$（万元）

7）开发总成本：$6\ 000 + 11\ 812.5 + 945 + 590.625 + 3\ 257.72 + 411 = 23\ 016.845$（万元）

开发商利润：$25\ 106.1 - 23\ 016.845 = 2\ 089.255$（万元）

成本利润率：$2\ 089.255 \div 23\ 016.845 \times 100\% = 9.077\%$